樂讀456 063

神奇柑仔店6

忍耐鉛筆大逆襲

文 廣嶋玲子　圖 jyajya　譯 王蘊潔

目錄

笑
開
媽
萬
澱
澱
永遠
都為你

序章

空氣清新的早晨，小巷深處傳來了「嘎啦嘎啦」的聲音，這是一家小型柑仔店開門的聲響。

一個又高又大的女人慢條斯理的從門內走了出來。她穿著一件紫紅色古錢幣圖案的和服，頭髮像雪一樣白，但圓潤的臉看起來很年輕。

這個女人抱著一塊大招牌，這塊看起來很舊的木頭招牌上，用

漂亮的字寫著「錢天堂」三個字。

「嘿喲！」她吆喝一聲，把招牌掛在店門上方，然後用力伸了一個懶腰。

「真是舒服的早晨。」她心情愉快的小聲說著。

「藍天白雲、陽光燦爛，是『錢天堂』重新開張的好日子，天氣真是太好了。之前暫時歇業期間，招財貓準備了很多新零食，接下來就等客人上門了，真希望幸運的客人趕快出現。」

女人拿起掃帚，正想打掃門前時。

「哈……哈啾！」

她打了一個噴嚏，然後身體忍不住抖了一下。

「怎麼回事？突然發冷……身體也有點無力……嗯，可能是中了澱澱下的毒，所以感冒了。不行不行，今天是重新開張的日子，我可沒時間感冒，必須靠毅力把感冒趕走！沒錯，要靠毅力！」

話一說完，她又打了一個很大的噴嚏。

1 驚奇最中餅

「啊啊……好想長高一點。」

放學後，海斗走在回家的路上，一直想著這件事。

海斗目前是小學五年級的學生，他熱愛運動，運動能力也很強，而且個性開朗，所以班上的同學都很喜歡他，覺得他應該是個沒有任何煩惱的人。

不過其實海斗有一個很大的煩惱，那就是——雖然他已經五年

級了，但個子卻很矮小。如果有人說個子高矮根本不重要，海斗一定會說：「怎麼不重要！對未來想成為籃球選手的我來說，個子矮小簡直糟透了。」

「真希望有辦法可以長高啊。」

海斗用盡了各種方法，他每天早睡早起、做伸展操，還會喝一公升牛奶。只不過這些方法都無效，他的個子就是長不高，就連比他小兩歲的弟弟陸斗身高也超越了他。

自從陸斗發現自己比哥哥高之後，更是整天嘲笑海斗，叫他「矮哥哥」。海斗每次聽到這個稱呼都會踹弟弟，但陸斗還是照叫不誤，他真的快被弟弟氣死了。

海斗認為這全都是因為自己的身高不如陸斗，如果自己能長得更高，陸斗就不會這麼叫自己了。

「哼，一定是因為陸斗分走了我的身高，所以我才會這麼矮。一定是這樣，這傢伙太壞了，把我的身高還給我……」他這樣的抱怨也只是越說越空虛。

「唉，真希望有可以讓人長高的魔法，如果有這種魔法，我就會變得超幸福，也可以和陸斗成為感情很好的兄弟。但是……世界上根本不可能有什麼魔法。」

海斗深深嘆了一口氣，邁開步伐準備走回家。沒想到他走錯路，誤闖了一條小巷，還在小巷深處迷了路。

海斗四處張望，小巷內很昏暗，他完全不知道這裡是哪裡，也不知道自己是什麼時候走來這裡的。

海斗覺得今天真是禍不單行，就在他拚命尋找出口時，突然看到一家柑仔店出現在眼前。

那是一家老舊的小柑仔店，門上掛著大大的招牌，排放在門口的零食好像都在閃閃發光。

海斗情不自禁的走了過去。

這家店裡的所有零食都讓人心動不已——「猛拳熱狗麵包」、「七彩豆」、「宇宙糖」、「天涯海角骨碌碌口香糖」、「天使果凍」、「流利棒棒糖」、「孤獨蘋果糖」、「道歉脆餅」、「平衡麵包脆餅」，每一樣零食名稱都很新鮮，他以前從來沒有看過。

「好棒喔！」海斗忍不住吞了吞口水。裡面應該會有更多零食，海斗打算走進店裡看看。

「砰！」

沒想到才一轉身，他就撞到了一個從店裡走出來的人，整個人跌坐在地上。

「哎呀，真對不起。」

海斗聽到一個沙啞的聲音，然後被人一把抓住手腕，用力拉了起來。

「哪、哪裡，我才對不起……」

話還沒說完，海斗就看到眼前這位高大的女人，忍不住張大了嘴。

她的身材真的很高大，因為海斗很矮，所以他必須把整個脖子向後仰，用力抬頭才能看到她。那個女人穿了一件古錢幣圖案的紫紅色和服，一頭白髮上插著五顏六色的髮簪，看起來氣勢十足。但是她戴了一個白色大口罩，所以海斗看不到她的臉。

從那個女人的口罩下，傳出含糊不清的聲音。

「今天渾身無力，原本還打算趁早打烊……但既然有客人上門，那就先來做生意吧。幸運的客人，歡迎來到『錢天堂』。」

「錢天……堂……？」

「沒錯沒錯，這是本店的店名，是只要一枚硬幣，就可以實現願望的地方。來來來，說說你有什麼願望？想要什麼東西或是能力，都儘管告訴老闆娘紅子。」

老闆娘一口氣說完，似乎很想做完生意就讓海斗早點離開。她的眼神恍惚，好像很不舒服。

「她可能在發燒，所以才會說這麼奇怪的話吧。怎麼可能有辦法實現任何願望？這根本不可能。」海斗暗自這樣想著。

「我沒什麼想要的東西，只是隨便看看。」海斗原本想這麼回答，沒想到卻脫口說出完全不同的話。

「有沒有可以讓我變得很高大的零食？」

海斗說出這句話之後，連自己也嚇了一跳。

老闆娘對他點了點頭說：「當然有，你想變得很高大。我看看，嗯，『驚奇最中餅』最適合了。」

老闆娘說完便走進店裡，拿著一個看起來像棒球大小的圓形包裝走了出來。

那個透明塑膠袋裡頭，包著一顆看起來像大栗子的最中餅，外頭則是貼了一張像是栗子超人圖案的貼紙，周圍星星光芒四射。

「這就是『驚奇最中餅』，價格是十元。」

海斗注視著「驚奇最中餅」——這個最中餅有一種神奇的魅力，好像隱藏著什麼魔法的力量。

雖然海斗並不是非要它不可，而且他也不太喜歡吃日式甜點，但因為只要十元，所以他決定試看看。更何況老闆娘剛才說「很推薦這個」，還特地跑進店裡頭拿出來，所以吃了這個最中餅，一定可以長高。

海斗有點好奇吃了驚奇最中餅的效果，於是點了點頭。

「好，我要買這個。」

但是當海斗遞上五百元硬幣時，老闆娘對他搖了搖頭說：

「很抱歉，我不要五百元硬幣，請你付十元硬幣。」

「呃，但是……慘了。請問五百元硬幣不行嗎？我沒有十元硬幣。」

「不可能，你一定有。」

老闆娘竟然語氣堅定的這麼說。

「沒有幸運寶物的客人不可能會來到這裡。請你仔細找找看，你一定有，而且是個平成八年的十元硬幣。」

海斗覺得不可能，但還是決定再找一下。他驚訝的發現，在自己書包的最底層，竟然真的有一枚十元硬幣。

海斗瞪大了眼睛，把那枚十元硬幣遞給老闆娘。老闆娘瞇起了眼睛，似乎感到很高興。

「沒錯、沒錯，就是這個。平成八年的十元硬幣就是今天的寶物，這個『驚奇最中餅』是你……咳咳，咳咳咳咳！」

牛毛文字焼

老闆娘突然咳嗽起來。

「你、你沒事吧？」

「咳咳！嗯，我沒事，最近可能太忙，所以不小心感冒了……過一陣子就會好，謝謝惠顧。」

老闆娘把「驚奇最中餅」交給海斗後，海斗就拿著它回家了。

回到家時，陸斗已經在家了，陸斗一看到海斗立刻笑著說：

「矮哥哥，你回來啦。」

「吵死了，笨蛋！」

海斗很想打陸斗的頭教訓他，但是突然改變了主意——沒關係，現在有「驚奇最中餅」，今天是陸斗最後一次叫自己「矮哥哥」了。

「哼哼，」海斗用鼻孔噴氣，「陸斗，你等著吧。」

「怎、怎麼了？」

「我很快就會長得很高，到時候我要叫你矮弟弟。」

「這種話還是等你長高之後再說吧。」

陸斗很不買帳的反駁，但臉上有一絲不安的表情，似乎很擔心海斗說的話會成真。

海斗露出得意的笑容，走回自己的房間。

「那就來看看到底靈不靈。現在就來吃『驚奇最中餅』，我知道這是有魔法的零食，而且是那個老闆娘推薦給我的，只要吃下去，一定可以長高。」

海斗折下「驚奇最中餅」的包裝紙，張開嘴巴，把大大的最中餅塞了進去。

他咬外皮時發出了清脆的聲音，之後滿嘴都是紅豆沙的味道。

「嗯嗯，好吃！」

海斗其實不喜歡吃豆沙，但這個最中餅裡的豆沙特別好吃，海斗很享受的吃完了最中餅。

「啊，真好吃，早知道就多買一個。」

「有沒有長高呢？至少會長高一點吧？不，剛才吃了『驚奇最中餅』，我絕對已經長高了。」

海斗感覺到身體湧現了神奇的力量。

「喂，陸斗，陸斗你快出來！」

海斗用力敲著隔壁房間的門，陸斗一臉不耐煩的探出腦袋。

「哥哥，有什麼事？我正在做功課。」

「廢話少說，我們來比身高。」

「啊！又要比身高？昨天不是才比過嗎？即使比再多次你也不

會長高啦。」

「你少囉嗦，站在這裡，不然我把你的點心吃掉喔！」

「很煩耶。」

陸斗很不甘願的站在那裡，海斗立刻把背貼在陸斗的背上，然後把手放在頭頂，滑向弟弟的方向。

「咚。」

海斗的手碰到了陸斗的頭，他感到很難過——結果和上次一樣，自己比弟弟矮了兩公分。

怎麼會這樣？「驚奇最中餅」根本沒有效果。

海斗很沮喪，但陸斗難得安慰他說：

「哥哥，你不用這麼難過，我們班導今林老師說，他以前一直很矮，上了中學之後一下子長得很高。」

「……」

「你一定也屬於這種類型，上了中學之後，就會一下子長很高，所以即使現在長不高也沒關係。」

「誰知道上了中學之後能不能長高。陸斗長得比我高，所以才會說這種話。」海斗原本想這麼反駁，但突然覺得為這種事計較很無聊。

「我在幹什麼？」海斗覺得為個子高矮的問題煩惱，簡直太丟臉了。沒錯，個子矮又不是犯錯，在意這種事太奇怪了。

當他意識到這一點，心情頓時輕鬆起來，眼前的霧好像突然散開，心情也變得晴朗。

海斗向陸斗道歉說：

「陸斗，對不起。」

「啊？」

弟弟一臉納悶，海斗則一臉嚴肅的對他說：

「我每次都對你亂發脾氣，對不起。」

「哥、哥哥？你怎麼了？好奇怪。」

「我發現根本沒必要為個子高矮沮喪，即使個子長不高，只要好好練習，就可以成為優秀的籃球選手。啊，對了，即使你以後叫我『矮哥哥』，我也不會再生氣了。」

陸斗目瞪口呆，忍不住大叫：「媽、媽媽！哥哥發瘋了！」然後往廚房衝去。

從那天之後，海斗完全不再提身高的事，看到個子比他高的同學不會怒目而視，也不再把「我好想長高」這種話掛在嘴上。

不僅如此，他做事不再偷懶，在清潔打掃時，還會率先做其他同學不願意做的事。

大家都對他突然的變化感到驚訝，但海斗自己比其他人更訝異。「是因為吃了『驚奇最中餅』的關係嗎？雖然沒長高，但卻有其他的效果？不管怎麼說，至少我現在不會整天覺得心煩，這是一件好事。」

海斗在納悶的同時，還是為學校花圃裡的花澆了水。今天原本是其他同學當值日生，但那個同學有事要早點回家，海斗就自告奮勇的說：「那我幫你。」

「昨天我也幫受傷的石田同學打掃了雞棚，如果是以前，我絕對不會幫這種忙。我到底怎麼了？」

他越想越覺得奇怪，當他走去種絲瓜的花圃時，一個高大的人影出現在眼前。

「啊！」

海斗手上的灑水壺差一點掉到地上。

一個身穿紫紅色和服的高大女人站在他面前，她的臉很圓潤，嘴唇擦著鮮紅色的口紅，一頭白髮上插了很多支髮簪。

雖然海斗以前沒有見過這張臉，但他知道這個人一定是那家柑仔店的老闆娘。她沒有再戴口罩，代表她的感冒已經好了，只不過她為什麼會來這裡？

老闆娘向驚訝的海斗深深一鞠躬。

「我今天是來向你道歉。」

「道、道歉？」

「對，上次聽到你說想要買可以變得很高大的零食，我認為『驚奇最中餅』最適合你……但你的願望是希望自己長得很高大，對不對？我給你的卻是吃了之後可以變成大人物的『驚奇最中餅』。」

「大人物？」

「對，大人物就是不會拘泥於小事，遇到任何事都能夠不慌不忙，受到大家的信賴。你說想變得很高大，我誤會了你的意思。雖然那天因為感冒腦袋昏昏沉沉，但竟然會拿錯商品給客人，這是我一輩子最大的疏失，真的很抱歉。」

「啊！呃，等一下！」

海斗陷入了混亂，大聲的說：

「你突然跟我說拿錯了商品……但是我吃完『驚奇最中餅』之後，煩惱都消失了，覺得不管長不長高都無所謂，這不是好事嗎？」

「這的確是正面效果，但本店主要的經營宗旨並不是為客人帶來幸福，『錢天堂』是個實現客人心願的地方，絕對不可以搞錯客人的願望。」

老闆娘從和服袖子裡拿出一個小盒子說：

「所以，如果你不介意，請你收下這個。」

那個盒子上畫著竹筍的圖案，用藍色的字寫著「長高高餅乾」。

「長高高餅乾？」

「對，吃了這種餅乾，可以像竹筍一樣越長越高，這種餅乾可以實現你原本的願望，怎麼樣？如果你想要的話，請你收下。」

海斗猶豫起來。

自己該接受這種餅乾嗎？現在自己並不介意身高的問題，而且每天心情都很好，大家很喜歡自己，也很信任自己，成為大人物好像是一件很棒的事……

海斗左思右想之後，決定不接受「長高高餅乾」。

「不，不用了，現在這樣就好。」

「真的嗎？真的這樣就好嗎？」

「嗯，我覺得這樣對我更好。」

「我瞭解了。」老闆娘把「長高高餅乾」收了起來，然後露齒一笑說：「現在這一刻，你選擇了『驚奇最中餅』，這也是你自己把握了運氣，我相信你的選擇一定會帶來好運。」老闆娘說完，便轉身離去。

海斗進入成長期後，身高也沒有太大的進步。但是他在十五年後創立了一家運動商品公司，生意做得有聲有色，成為一個了不起的年輕老闆。

南川海斗，十歲的男孩。平成八年的十元硬幣。

2 平衡麵包脆餅

這次可能真的要分手了。

曜子重重的嘆了一口氣，她剛才又和男朋友友哉大吵了一架。

曜子和友哉在大學時認識，然後開始交往。

一個月前，友哉戰戰兢兢的問她：「我順利找到了工作，決定要搬家。所以我在想……你要不要搬來和我一起住？那個……我希望我們之後可以結婚。」

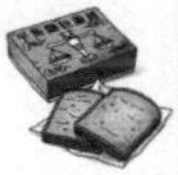

曜子聽了友哉的提議，二話不說就答應了，然後歡天喜地的搬進友哉的新家。

只是沒想到，他們的幸福也從那一天開始變調。

一起生活之後才發現，雖然他們的興趣愛好很相似，可是在某一件事上有著決定性的差異。

曜子的個性大剌剌、不拘小節，雖然很喜歡打扮自己，但卻不擅長清理和打掃。她總是衣服脫下後就隨手一丟，抽屜打開之後就忘了關，衣櫃的門從來都不關好，也經常忘記倒垃圾，而且她覺得在浴室出現黴菌之前都不需要打掃。

她當然也從來不整理冰箱，所以不時會發生很驚悚的狀況，但幸好到目前為止，沒有發生過食物中毒的情況，她的身體也很健康，所以她完全不把這件事放在心上。總之，曜子向來認為「船到橋頭自然直」。

但是友哉完全不一樣，他超愛乾淨，幾乎到了有潔癖的程度。他喜歡房間整理得井然有序，浴室、流理臺和廁所都要打掃得一乾二淨。他會在所有地方噴消毒噴霧，每件衣服都要熨燙過才穿，就連內褲都要熨燙，當然也絕對不吃過了賞味期限的食物。

當友哉發現曜子這麼邋遢、不拘小節後，似乎覺得很難過。一

開始他還盡量忍耐，但看到自己才剛把房間打掃乾淨，曜子又把房間弄亂，他終於忍無可忍到情緒大爆炸。

曜子也很火大，覺得友哉什麼都要管，太囉嗦了！然後兩個人就開始大吵特吵。

今天也一樣，曜子在看電視時，對正在廚房的友哉說：

「友哉，你看這則新聞超猛，小偷從監獄逃出來後又被抓到了。」

「……」

「之前不是鬧得很大嗎？有一個小偷自稱是怪盜羅蘋，偷了很多東西。他倒在路上，還被人戴上了手銬。」

「……」

「幸好被抓到了，不過現在還不知道他是怎麼從監獄逃出來的。警方說接下來要澈底調查，不知道是誰抓住他的？……友哉，你有沒有在聽我說話？」

友哉轉過頭，雙眼冒著怒火。

「我正在打掃！你有時間看新聞，就該來把這裡打掃乾淨啊！」

「有完沒完啊！我白天不是打掃過了嗎？你又覺得哪裡有問題？」

「流理臺！我之前不是說過，每次用完之後都要用漂白劑清洗嗎？我剛才看到有果蠅耶！就是因為太髒了啊！」

「有果蠅有什麼關係？」

「你在說什麼啊！這次是果蠅，下次就會有蒼蠅和蟑螂！在這麼髒的廚房煮出來的東西能吃嗎？」

「那你別吃就好啦！」

「你又說這種話！你為什麼每次都不肯改！」

兩個人越吵越凶，最後曜子奪門而出。

「友哉太神經質了，就算出現蟑螂，只要用殺蟑劑噴一下不就好了嗎？有必要這麼大驚小怪嗎？昨天也因為醃黃蘿蔔過了賞味期限大呼小叫，只是稍微過期幾天，吃了又不會死。」

曜子嘀嘀咕咕發著牢騷。

最近她壓力很大，經常會胃痛。她每天都不想回家，每次聞到消毒水的味道就會頭痛，也不想看到友哉。

想到這裡，曜子不由得難過起來。

「這樣下去，根本不可能結婚……」

不要說結婚了，恐怕連交往都有問題。

曜子的眼淚奪眶而出，正當她要揉眼睛時，看到友哉遠遠走了過來，他似乎是來找曜子的。

兩人看著彼此沒有說話，然後不約而同的一起往前走了起來，但是卻沒有牽手。

友哉小聲的說：

「我們之間，是不是沒希望了？」

「也許吧。」

「這樣啊。」

友哉的臉皺成一團，曜子見狀也忍不住想哭，不由得說出了內心的不滿。

「如果你沒有這麼神經質，我們根本不會變成這樣。」

「我、我也努力想要適應你的邋遢，但還是沒辦法不在意……我真的不行，看到家裡很亂、很髒，就會覺得渾身不舒服。」

「我……我也知道你有潔癖，所以已經很努力了，但你還是不滿意。」

「因為你的打掃和整理都太馬虎了，每次都很不澈底，反而讓我更在意……如果你能夠澈底打掃，我也不會這樣整天發脾氣。」

「什麼嘛！」

他們差一點又像往常一樣針鋒相對的吵起來，但是突然間，好像聽到有人在叫他們。轉頭一看，旁邊有一條昏暗的小巷。

「我必須走進小巷，無論如何都必須走進那裡。」

曜子突然搖搖晃晃的走了進去，友哉也立刻跟了上來。兩個人都忘了剛才大吵一架的事，只覺得必須往前走。

他們來到小巷深處。

那裡有一家看起來很有歷史的柑仔店，上頭掛了一塊氣派的招牌，寫著「錢天堂」三個字。

如果是平時，友哉對這間商店絕對不屑一顧，搞不好還會莫名其妙的說零食都是垃圾食品。沒想到這家「錢天堂」柑仔店，卻讓神經質的友哉也閉了嘴。

這家店裡每一種零食都很吸引人——「王子布丁」、「舔舔愛情糖」、「嘮叨莓」、「河童鳳梨」、「大肌肌歐蕾」、「統統麻糬」、「開心昆布」、「弱弱巧克力」。

這家店門口陳列的所有零食，看起來都很有趣、令人興奮。

他們雙眼發亮的看著這家店的商品，然後一個又高又大的女人從店裡走了出來。她一頭白髮盤了起來，穿著紫紅色古錢幣圖案的和服。

她看到這對年輕的情侶，微微瞪大了眼睛。

「真難得啊，竟然有兩位幸運的客人同時上門。歡迎兩位來到『錢天堂』，身為本店老闆娘，真是太榮幸了。」

老闆娘笑著向他們招手。

「請兩位進來參觀，裡面還有很多很多商品。」

這個老闆娘說的沒錯，店裡還有更多神奇的零食，還有一些小玩具、面具和貼紙。

兩個人看傻了眼，但老闆娘用親切溫柔的聲音小聲對他們說：

「怎麼樣？有沒有你們喜歡的東西？想要什麼儘管告訴我，紅子一定會拿出最適合兩位的商品……請問你們有什麼願望？」

友哉和曜子聽到她溫柔的聲音，忍不住同時回答。

「有沒有什麼東西，能讓人變成看到房間很髒也無所謂的邋遢人？」

「我想成為愛乾淨、很會整理房間的人！」

「啊？」友哉和曜子看著對方。

「友哉……你真的想變成邋遢人？」

「曜子……你又是為什麼？為什麼想成為很會整理房間的人？」

「這、這是因為……你不喜歡家裡很亂，所以我覺得很對不起你。」

「我也是。我很討厭自己整天都發脾氣，如果可以像你一樣，問題就解決了……這樣我們就可以好好相處。」

他們都希望為了對方改變自己。

他們發現對方和自己想的一樣，驚訝的注視著彼此的臉。

「呵呵呵。」老闆娘笑了起來。

「兩位的願望雖然表面上不一樣，但其實是同一件事。既然這樣……嗯，適合哪一款商品呢？」

老闆娘想了一下。

「這的確有點傷腦筋。應該可以推薦這位小姐買『愛乾淨肉桂』，不過『潔癖蛋糕』也很難割捨。至於這位先生，可以喝『邋遢可樂』……不不不，『錢天堂』難得有成雙成對的客人上門，當然得首推那款零食。啊，我失陪一下，兩位請稍候。」

老闆娘走到角落，一陣窸窸窣窣的聲音後，她又走了回來。

「你們看，就是這個『平衡麵包脆餅』，最適合想要生活協調、和睦相處的兩位。」

老闆娘遞來一小盒零食，上面寫著「平衡麵包脆餅」，還畫了一個天秤。

曜子和友哉一看到那盒零食，簡直就像被一股電流貫穿身體。

「我想要這個！我絕對要買回家！」

「我要買！請問多少錢？」

兩個人大聲詢問，老闆娘回答說：「五元，但必須用平成二十二年的五元硬幣支付。」

「平成二十二年的五元硬幣？」

「對，兩位應該都有，對不對？」

曜子和友哉再度感到驚訝，因為他們真的各有一枚平成二十二年的五元硬幣。

他們剛開始交往時，剛好兩個人的錢包裡都有一枚平成二十二年的五元硬幣。

「我們是在平成二十二年開始交往的，所以這兩枚五元硬幣就留下來當作紀念吧。」

「好啊，五元的發音剛好和有緣很像，就用來保佑我們的感情。」

於是，他們為五元硬幣綁上了漂亮的繩子，分別掛在手機上。

老闆娘怎麼會知道這件事？不，這不重要，反正今天一定要買「平衡麵包脆餅」才行。

曜子從手機上拆下五元硬幣，交給了老闆娘。

「好、好，這是今天的寶物五元硬幣，這是你買的商品。」

「太好了！謝謝！」

曜子欣喜若狂，笑得像小孩子一樣開心。

友哉當然也很高興，但他突然想到「平衡麵包脆餅」只有這麼小一盒，兩個人分著吃似乎太少了。

他忍不住問老闆娘。

「請問還有『平衡麵包脆餅』嗎？」

「當然還有庫存，你還要嗎？」

「拜託你了！我還有平成二十二年的五元硬幣。」

「好、好。」

老闆娘又拿了另一盒「平衡麵包脆餅」出來，友哉用自己的五元硬幣付了錢。

友哉眉開眼笑，但老闆娘小聲對他說：

「想要適度協調，兩個人一起吃一盒就夠了，如果想要更加協調，再吃第二盒，但是凡事最好適可而止，吃太多可能反而會有副作用。」

「喔，好。」

友哉心不在焉的點了點頭，他對一下子能買到兩盒平衡麵包脆餅感到高興不已。

「曜子，我們回家吧。」

「嗯。」

兩人手牽著手一起走回家，他們好久沒有這種幸福的感覺了。

但是一打開家門，兩個人都忍不住垂頭喪氣。

曜子聞到整個房間的消毒水味道忍不住反胃，而且家裡太乾淨了，讓她有點心神不寧。

友哉看到曜子把沒看完的雜誌丟在沙發上感到很不舒服，太陽穴忍不住抽動——現在正是需要「平衡麵包脆餅」的時候。

兩個人相互點了點頭，打開第一盒「平衡麵包脆餅」。裡面是切成薄片的土司形狀脆餅，上頭灑了很多砂糖。

因為總共有兩片，所以他們各吃了一片。

「嗯！」

「天啊，太好吃了！」

「嗯，真的好吃！」

平衡麵包脆餅口感酥脆，帶有淡淡的甜味，兩個人轉眼之間就吃完了。

曜子和友哉又看了房間一眼。

「咦？」

「嗯？」

好像哪裡怪怪的。

曜子看到過度乾淨的廚房完全不在意，也不像剛才那麼介意消毒水的味道了。

友哉看到丟在沙發上的雜誌，不會覺得心情不愉快，更不會產生「要趕快整理，無論如何都要趕快整理乾淨」的焦慮感。

「要不要試試看平衡麵包脆餅有沒有效呢？」

曜子說完，把身上的大衣脫下來丟在地上，但友哉居然完全沒有不高興的感覺。以前他每次看到曜子這個舉動，就會忍不住生氣的說：「你為什麼不把大衣掛在衣架上！這不是隨手可以做到的事嗎？」

結果反而是曜子覺得受不了，她立刻撿起大衣掛在衣架上。

兩個人都瞪大了眼睛。

「太厲害了！你剛才有沒有看到？我自己把衣服掛好了！因為我覺得丟在那裡很不舒服！」

「我反而完全不在意了，覺得即使丟在那裡也沒關係！原來這就是『平衡麵包脆餅』的威力！」

「太好了！友哉，太好了！這樣的話，我們應該能夠好好相處了。」

曜子高興得熱淚盈眶。

友哉也高興不已，能夠和心愛的人好好相處，這是最幸福的事，他願意付出一切代價守護這份幸福。

「曜子，要不要把另一盒也吃掉？」

「啊？現在這樣不是很好嗎？我覺得現在的效果就足夠了。」

曜子有點提不起勁，但友哉說服她說：

「但是我覺得效果越強越好，我以後再也不想和你吵架了，我想和你一輩子都很恩愛的過日子。」

「嗯，我也不想再吵架了。好，那我們來吃吧。」

於是，他們把第二盒「平衡麵包脆餅」也吃完了。

那天之後，友哉和曜子再也沒有為整理和打掃的事吵過架，這對幸福的情侶結了婚。

幾年後，他們有了一對雙胞胎女兒。友哉和曜子看著兩個女兒健康成長，感到無比欣慰，覺得這就是真正的幸福。

但是不久之後，他們發現了一件令人擔心的事。

他們的兩個女兒感情很不好——她們是雙胞胎，臉也長得很像，但每次在一起就會吵架，從早到晚都聽到她們大叫：「我最討厭你了！」

有一天早上，友哉吃早餐時向曜子抱怨。

「兩個女兒的感情會不會太差了？她們才三歲，為什麼會這樣整天吵架？」

曜子滿臉愁容的回答。

「友哉……我想讓你看一件事，你跟我來。」

「看什麼？我早餐還沒吃完。」

「沒關係，你先跟我來。」

曜子說完，帶著友哉來到女兒的房間。

一打開女兒房間的門，友哉立刻說不出話來。

房間內有一半好像颱風過境般亂成一團，玩具、繪本全都堆在一起，小床幾乎被淹沒了，而大女兒雙葉在凌亂的床上躺成了大字。房間的另一半好像樣品屋一樣井然有序，絨毛娃娃都排成一行，繪本都放在書架上，床上躺著小女兒若葉。她蓋著被子，床上沒有一絲凌亂。

「這就是她們兩人整天吵架的原因，因為她們的個性完全相反。」

雙葉很邋遢，顏料到處亂丟，還會用蠟筆在牆上畫圖，衣服也亂丟。雖然我每次都幫她折好，但她每次都要弄得很皺之後才肯穿，她的玩具應該也從來沒有整理過。」

「嗯……」

「但是若葉又是一個很神經質的小孩，如果房間沒有整理乾淨就會很不舒服，連我在整理時，她都會很挑剔。她很囉嗦，和你以前完全一樣，不，比你以前更嚴重。她看到牆上髒了，還會要求我重新刷油漆。」

曜子用一臉快哭出來的表情說，自己快被若葉逼瘋了。

「她們的個性南轅北轍，所以感情很不好，每天都會吵架，真的很煩。友哉，你覺得該怎麼辦才好？」

「你問我該怎麼辦，我也……」

友哉答不上來。

沒想到一個女兒有潔癖，另一個女兒是邋遢鬼……

之前吃掉兩盒「平衡麵包脆餅」果然太多了。

瀨川曜子，二十六歲的女人。平成二十二年的五元硬幣。

多賀友哉，二十六歲的男人。平成二十二年的五元硬幣。

3 忍耐鉛筆

柑仔店「錢天堂」的老闆娘急壞了，她匆匆忙忙把許多塑膠球丟進大購物籃內。

「唉，真是的！我竟然忘了為扭蛋機補貨，真是太大意了！我得動作快一點，不然幸運的客人就算找到扭蛋機，但裡頭空無一物就失去意義了！沒有商品可以賣給客人，簡直就是『錢天堂』的恥辱！」

紅子拿起裝滿塑膠球的購物籃，立刻衝出門外，高大的身體像風一樣在街上奔跑著。

但是，凡事太匆忙、太慌張，就容易發生狀況。

當紅子轉過街角時，籃子傾斜了，其中一顆塑膠球掉在地上。不過紅子沒有發現，繼續奔跑趕路。

掉在馬路上的塑膠球滾了幾下，在電線桿下停了下來。塑膠球在陽光的照射下閃閃發亮，簡直就像在向世界呼喚：「我在這裡，誰來把我撿走！」

五分鐘後，一隻小手把塑膠球撿了起來。

小學四年級的史郎天生腸胃就很弱，只要稍微吃過量或是肚子著涼，就要馬上衝去廁所。

總是找廁所已經很讓人頭痛了，但史郎還有一個更痛苦的煩惱，就是他每天一到固定的時間就想要上大號。

這個「固定時間」是在每天第二節課上課的時候。每天一到第二節課，史郎的肚子就會咕嚕咕嚕叫，肚子裡的東西好像在大吼大叫：「放我出去！放我出去！」雖然只要忍耐十分鐘就過去了，但那十分鐘的忍耐就像一個世紀般漫長。

史郎每天都要忍受這地獄般的十分鐘——臉色蒼白，渾身冷汗直冒，腦袋一片空白，一心只想著「上廁所」。

但如果每天都在上課時提出「我想上廁所！」實在太丟臉了，所以他死也不想說。更何況男生上廁所的狀況原本就很複雜，如果被人看到走進小隔間，大家就會開始嘲笑說：「啊！你去大便了！」

「幹麼啦！每個人都會大便啊！」史郎雖然每次都這麼想，但還是很怕被別人嘲笑，所以只能拚命忍耐。

「真的不想在學校上大號啊。」男生們就是這麼天真。

但是，總會有忍不住衝出去上廁所的時候——不過這應該還不是最糟糕的情況……搞不好在到廁所前就大出來了，萬一是在教室當著全班同學的面就大出來……

光是想像這種情況，史郎就忍不住渾身發抖。因此，無論再怎麼痛苦，他都不敢舉手說：「我想上廁所。」

史郎為這件事傷透了腦筋。

「為什麼？為什麼每次都是第二節課的時候？為什麼會在學校想上大號？不是每天早上在家都有上大號了嗎？我的肚子到底出了什麼問題，為什麼一天想上兩次大號啊？」

放學後，史郎走在回家路上一直垂頭喪氣的。雖然他不想承受痛苦，但也不想在同學面前丟臉，真的不知道該怎麼辦才好。

他慢吞吞的走在路上時，看到馬路前方有個圓圓的東西閃著亮光，史郎好奇的走過去。走到那裡時，他發現路旁有一顆像他拳頭般大小的透明塑膠球，裡面不知道裝了什麼東西。

他東張西望，但周圍沒有其他人。

「這顆塑膠球一定是某個人的遺失物……但沒有人看到……所以應該沒關係。」史郎心想。

他再次左顧右盼，快速撿起塑膠球塞進口袋，然後急急忙忙跑回家裡，走進自己房間後，才拿出塑膠球。

他沒來由的緊張起來。第一眼看到這顆塑膠球時，他就覺得這顆塑膠球裡一定裝了很棒的東西。

雖然史郎知道不能把撿到的東西占為己有，因為失主一定在找。但是這次例外，他希望這顆塑膠球可以屬於自己！

史郎的臉因為愧疚和興奮而漲得通紅，啪的一聲，他打開了塑膠球，裡頭有一張紙和一根短短的小木棒。

「是鉛筆？」

沒錯，那是一枝綠色鉛筆，但並不是普通的鉛筆。它的大小有史郎的大拇指那麼粗，但只有四公分左右的長度，矮矮胖胖的六角形，每一面都寫著「忍耐！」看起來很有趣。

「太猛了，感覺超酷！但是，這……到底是什麼？」

史郎打開塑膠球裡的紙，那張紙上寫了以下的文字。

忍耐鉛筆。一旦有了這枝鉛筆，無論任何事你都可以忍耐！只要用這枝鉛筆在紙上寫上你想忍耐的事，然後再接著寫「忍耐！忍耐！」這樣就可以完成你的願望。

看到這裡，史郎突然坐立難安起來。「嗯……想尿尿，得去上廁所才行！」

他準備站起來時想到一件事——這是個測試「忍耐鉛筆」的大

好機會。

他立刻坐直身體，以免不小心尿出來，然後拿起「忍耐鉛筆」，在筆記本上寫了「尿尿，忍耐！忍耐！」幾個字。

原本幾乎快漲破的肚子，突然輕鬆了起來。

「不會吧！」

他試著站起來，真的完全沒感覺了。原本急著想要上廁所的可怕感覺消失了。

「真的有效，這枝『忍耐鉛筆』真的有效！太好了，太好了！只要有這枝鉛筆，就什麼都不用怕。」史郎太高興了，好想在房間裡撒花瓣。

隔天，史郎立刻把「忍耐鉛筆」帶去學校。他興奮的等待第二節課，雖然平時第二節課對他來說很可怕，但今天絕對沒問題。

終於到了第二節課的時間。

「咕嚕、咕嚕咕嚕！來了！」

史郎急忙拿起「忍耐鉛筆」，在筆記本上寫「上廁所，忍耐！忍耐！」肚子的緊急信號立刻消失了。

「太棒了！效果超級棒！」

雖然還在上課，但史郎開心得眉開眼笑。

日本地圖
四 五
自然 社會
國語 美勞
社會 美勞
體育 國語
綜合 數學
綜合
書
空
上廁所，
忍耐！忍耐！

接下來的一個星期，史郎因為有了這枝「忍耐鉛筆」，每天都過得很幸福。有一天，他突然想到一件事──「忍耐鉛筆」只用來忍耐上廁所太無聊了，既然有這麼了不起的東西，就應該用在各種地方。

午休時，史郎找了幾個同學，說要一起玩遊戲。

「要不要來比賽誰最會忍耐？」

「比賽誰最會忍耐？什麼意思？要忍耐什麼？」

「就是這個……」

史郎拿出一個大夾子。

「把這個夾子夾在鼻子上，比賽誰可以忍耐最久。男生當然要堅強，不是嗎？」

「哇，感覺很難！」

「那會很痛吧？」

大家驚叫著感到害怕，但畢竟都是男生，大家都覺得很有趣，所以決定加入。

「聽起來很好玩啊，那就來比賽！」

「來啊來啊！」

「好，那誰先來？」

「用猜拳決定。」

這時，小吉說：

「史郎，忍耐最久的人應該可以有什麼獎品吧？」

「對喔。那……嗯，那明天遠足時，所有人的零食都歸冠軍。」

「好主意！那就來比賽！」

「太棒了！可以一個人獨占所有的零食，我絕對要贏！」

史郎看到幾個同學躍躍欲試，忍不住笑了起來。他剛才已經用「忍耐鉛筆」寫了「痛，忍耐！忍耐！」幾個字。

「冠軍絕對是我。」史郎心想。

第一個是祐二。

「可、可以了嗎？你們要好好數。那麼我就開始囉！」

祐二戰戰兢兢的把夾子拿到鼻子前，把夾子夾在鼻孔內柔軟的部分，其他人都大聲為他數數。

「一、二、三……」

「嗚啊啊啊，好痛！我不行了！」

祐二才撐了短短兩秒鐘就投降，大家都笑他：「真是太沒有毅力了。」

第二個參加比賽的是小翔，他忍耐了很久，創下了五秒的紀錄。第三個小吉只有三秒。

史郎看到幾個同學淚眼汪汪按著鼻子的樣子，忍不住笑了起來。

「你們真沒用，太沒出息了。」

「你不要說風涼話，真的超痛！」

「史郎，輪到你了，你試試啊！」

「好，那我就來試。」

史郎冷笑一聲，接過夾子夾在自己鼻子上。他可以感受到夾了尖尖的地方把鼻孔內敏感的部分越夾越緊，但他完全不覺得痛。不愧是「忍耐鉛筆」，連疼痛都可以澈底消除。

十秒、二十秒過去了。史郎一臉若無其事，其他同學反而著急起來。

「真的假的？喂，史郎，你沒事吧？」

「夠了、夠了，你贏了！趕快拿下來！」

「我看了都覺得痛了！拜託你，趕快拿下來！」

於是，比賽以史郎獲勝結束，大家都佩服的說：「太厲害了！」史郎感到很得意。

小事一樁。多虧有「忍耐鉛筆」，史郎得到了大家的尊敬，而且明天遠足時，還可以獨占大家的零食，簡直太棒了。

史郎洋洋得意的回到了家裡。

「我回來了！今天吃什麼點心？」

沒想到媽媽出門了，但放點心的架子上和冰箱裡，都沒有可以馬上吃的東西，史郎的肚子餓扁了。

他等了一會兒，媽媽還是沒回來。他餓得肚子都痛了，為了分散注意力，他開始打電玩，但是卻完全無法專心。

「唉喲！媽媽到底去了哪裡？」

無奈之下，只能讓「忍耐鉛筆」出馬了。史郎才寫完「肚子餓了，忍耐！忍耐！」幾個字，飢餓的感覺立刻消失了。史郎覺得自己得到了很方便的寶物，暗自鬆了一口氣繼續打電動。

傍晚時，媽媽終於回到家，兩隻手上拎了很多東西。

「對不起、對不起，媽媽好久沒去逛百貨公司，結果一下子太投入了。媽媽馬上來準備晚餐，今天在百貨公司地下的熟食賣場，大手筆買了很多菜喔。」

「真的嗎？太棒了！」

和媽媽說的一樣，這一天的餐桌上，有很多看起來很好吃的熟食。章魚羅勒洋芋沙拉、加了肉醬汁的漢堡，三種不同種類的蒸飯，還有咖哩湯。

「哇，看起來好好吃！」

「對吧？來，多吃點、多吃點！」

「我開動了！」

但是，史郎在餐桌旁坐下時，忍不住感到錯愕，因為他居然不想吃。肚子明明很餓，但他一點都不想吃。不，其實他想吃，只是沒有食慾。

他硬是塞了一口漢堡到嘴裡，但費了很大的功夫才終於吞下去。

「好不甘心啊，明明超好吃的！一定是因為剛才用『忍耐鉛筆』忍耐飢餓的關係，要想辦法解除這個效果才行。」

「怎麼了？你不吃飯嗎？」

「我要吃！我、我要吃……我、我先去廁所一下！」

史郎假裝上廁所，跑回自己房間拿出了「忍耐鉛筆」和紙。

「嗯……那就寫解除忍耐好了。」

史郎急急忙忙用鉛筆寫了起來。

結果怎麼樣了呢？

史郎馬上感覺到肚子餓了，如果現在不趕快吃東西，好像就會死掉。

「太好了！」

史郎把「忍耐鉛筆」放進口袋，準備跑回餐桌。

「呃！」

突然，鼻子傳來一陣劇痛，好像快被扯下來了一樣。接著，史郎感到一陣暈眩。

「怎、怎麼回事？我什麼都沒做，怎麼會這麼痛？」

但是，另一個更強烈的疼痛感立刻接踵而來——史郎突然很想上廁所，而且是要上大號。

「這是怎麼回事啊？」

史郎哭喪著臉，再度使用了「忍耐鉛筆」。無論如何，都要先克服想上廁所的感覺和疼痛。他來不及拿紙，只能用潦草的字在牆上寫了「大便，忍耐！忍耐！痛，忍耐！忍耐！」

但是不知道為什麼，竟然無效。

史郎著急的又寫了一次，還是沒有任何效果。他的鼻子仍然很痛，而肚子裡的東西好像隨時都會衝出來似的，簡直就像有一隻怪獸在腸子裡作亂。

「不行了，我忍不住了！要趕快去廁所！」

史郎摸著鼻子，衝進了廁所。

「撲通！」

他大了很多很多，根本停不下來，整個馬桶都滿了。

史郎覺得很悲哀，很想死了算了。他的鼻子很痛，肚子又餓，簡直是三重的痛苦。

媽媽在門外大聲問：

「史郎，你在幹麼？還沒好嗎？飯都冷了。」

「我、我知道，我知道啦！但、但是，我停不下來！」

史郎簡直快哭了。

為什麼會這樣？為什麼「忍耐鉛筆」會突然失效？史郎完全搞不懂。

如果史郎仔細看完「忍耐鉛筆」的說明書，應該就不會發生這種狀況。

絕對不可以消除用忍耐鉛筆忍耐的事，一旦這麼做，之前忍耐的事就會以十倍奉還，甚至有可能發生很悲慘的結果。

說明書上寫得很清楚。

史郎那天晚上沒有吃晚餐，而且隔天也沒辦法去遠足，因為他整整一天都無法離開廁所。

忍耐鉛筆。錢天堂扭蛋機裡的扭蛋，因為紅子的失誤，落入了不是幸運客人的少年手上。那名少年最後把忍耐鉛筆丟進垃圾桶。

4 黑暗中的鳥籠

黑暗中有好幾個大鳥籠。

每個鳥籠內都有某個東西，大小不一的影子發出綠色或黃色的火光，而且不時聽到懊惱的叫喊聲，或是「讓我出去」的嘶吼。

其中一個鳥籠內關著一名少女。

那名少女大約七歲左右，皮膚晶瑩潔白，剪成妹妹頭的頭髮是深藍色的，身上穿了一件彼岸花圖案的黑色和服。她的五官像洋娃娃

娃一樣漂亮，但整個人感覺很陰森。她坐在鳥籠內的鞦韆上，一動也不動，眼睛注視著眼前的黑暗。

這時，空氣突然流動了起來，一個像鉛筆般細長的人影出現在鳥籠前。

那個人對少女說：「澱澱，我又來看你了，你最近好嗎？」

男人的聲音尖得刺耳，少女一臉無趣的看著他。

「哼，原來是天獄園的怪童。」

「哎呀，你看起來好像沒什麼精神。怎麼了？赫赫有名的澱澱被關進這種鳥籠裡，也會感到沮喪嗎？」

「開什麼玩笑！」

這個名叫溻溻的少女瞪著雙眼。

「誰沮喪了！我只是覺得很無聊而已！」

坐在鞦韆上的溻溻盪了起來。

「好無聊、太無聊，簡直無聊死了！而且暫時沒辦法離開這裡，真的讓我受不了了！這全都是紅子害的！那個死胖子，一副事不關己的樣子，竟然做出這麼卑鄙的勾當！」

「好了好了，別生氣，生氣的話會毀了你那張漂亮的臉蛋。」

「怪童……我現在沒心情聽你耍嘴皮子。這種事不重要，計畫有在進行嗎？」澱澱小聲詢問。

那個叫怪童的男人呵呵笑了起來。

「當然了，我已經收了倒霉堂的七款『惡鬼點心模型』作為酬勞，所以當然會好好辦事。已經在慢慢進行了，除了干擾老闆娘以外，我的計畫也很順利，絕對可以成功，所以請你再稍微等一下。」

「哼，好啊，那就等啊，反正我的時間多得是。別忘了我送你的是本店招牌點心的模型，所以你做事一定要讓我滿意。」

「那當然。對了對了，最後，我想寫信給錢天堂的老闆娘，你可不可以和我一起思考一下要寫什麼？」

「寫信給她？哼，有意思。好啊，我和你一起想，我一定要寫讓她心驚膽跳的內容。」

甸甸從鞦韆上跳下來走向怪童。

5 迷人軟糖

約翰比隼人年長兩歲，牠的體型很大，腿也很粗，一身濃密的黑毛看起來有點可怕，但其實牠很溫和。

約翰似乎把隼人當成弟弟，每次隼人挨爸爸、媽媽的罵，牠就會站在隼人面前袒護他，好像在對爸爸、媽媽說：「不要再罵隼人了。」而爸爸和媽媽每次看到約翰這樣，就不再生氣了。

「約翰太寵隼人了。」媽媽每次都這麼嘆著氣說。

隼人當然也很愛約翰。因為約翰會保護他，也會陪他一起玩。即使有不想告訴別人的祕密，也可以和約翰分享。

這一天，隼人向約翰訴苦。

「約翰，要怎麼才能和千波變成好朋友？」

千波是隼人幼兒園大班的同學，她很可愛，大家都很喜歡她，隼人也很喜歡千波。

「好想和千波一起玩，好想和千波成為好朋友啊。」

只不過他始終無法接近千波。因為每次走到千波旁邊，他就會緊張不已，只好立刻逃走。

也許是因為聽到隼人的嘆息，約翰很擔心，所以用鼻子用力頂了頂隼人，似乎要他打起精神。

「我知道、我知道，我沒事……我們去散步吧。」

約翰的雙眼立刻亮了起來，牠最喜歡散步了。

於是，隼人和約翰一起來到附近的公園。走進公園後，隼人不經意的看向鞦韆的方向，然後吃了一驚。

是千波。她站在鞦韆旁，可能正在等其他小朋友。

這是個大好機會，現在旁邊沒有其他人，也許有機會和她說話。

隼人吸了一口氣，對約翰說了聲：「我們走吧。」，然後走向千波。

「千、千波。」

千波一轉過頭，立刻露出害怕的表情向後仰。她似乎是因為看到約翰嚇到了。隼人急忙說：

「別擔心，我家約翰超溫和的。」

但是千波仍然臉色發白。

「隼人，對不起，我怕大狗……不好意思，可以請你離我遠一點嗎？」

「真的不用害怕，你看，你可以摸摸看，牠絕對不會咬你！」

「我已經說不要了！討厭，不要再欺負我了！」千波很生氣的跑走了。

隼人很沮喪，他原本想和千波當好朋友，沒想到反而惹她生氣了，浪費了難得的大好機會。「如果沒有約翰，也許就可以成功跟她成為好朋友了。」

隼人第一次覺得約翰很討厭。

「唉……約翰，如果你是一隻可愛的狗就好了。」

約翰目不轉睛的看著隼人，露出悲傷的眼神，隼人連忙向牠道歉。

「對不起、對不起，你這樣很好，你現在就很可愛！」

隼人帶著不愉快的心情離開公園。他的腳步很沉重，約翰的腳步也難得沉重。

走到半路，約翰突然跑了起來。因為太突然，隼人不小心鬆開了手上的牽繩。

「啊！約翰，不行！」

隼人大叫，但約翰沒有停下腳步。牠離開了馬路，衝進一條小巷，隼人急忙跟了上去。

「約翰、約翰，等等我！」

幸好那條小巷是死胡同。隼人鬆了一口氣，接下來忍不住瞪大了眼睛。

那裡有一家小柑仔店，店門口放了許多五顏六色、從來沒有看過的零食和玩具。隼人一看到這家店，就好像來到遊樂園一樣既興奮又緊張。

約翰竟然就這樣走進店裡。

「糟糕，牠這樣會被老闆罵的。」

隼人也跟著約翰衝了進去。

這間柑仔店裡面有更多零食，隼人暫時忘了約翰，看著這些零食出了神。

「太厲害了，這裡真的是很厲害的地方。」

就在這時，隼人聽到了呵呵的笑聲。

他驚訝的轉頭看向笑聲傳來的方向，發現一個身穿和服的阿姨蹲在約翰面前，正在摸牠的頭。約翰是大狗，但那個阿姨完全不害怕。隼人忍不住想，如果千波也可以像這個阿姨一樣，不知道該有多好。

這時，阿姨抬起了頭。

「哎呀，這位是主人嗎？」

長高高
長高高
真
魷魚
孤獨蘋果
天涯海角

阿姨笑著詢問，一頭白髮也跟著搖晃起來。雖然她蹲著，但看得出來身材很高大，而且也很胖，簡直就像相撲選手。隼人被阿姨的氣勢嚇到了，感到手足無措。

「啊，對、對不起，剛才牽繩不小心鬆脫，我、我們馬上就離開。約翰，我們走了。」

沒想到約翰一屁股坐在地上一動也不動。隼人拉著牽繩想把牠硬拉出去，但阿姨制止了他。

「沒這個必要，『錢天堂』很榮幸能夠接待今天的幸運客人。歡迎光臨。」

阿姨用歡快的聲音說完這番奇怪的話，再度看著約翰的臉，伸手撫摸牠。她似乎很喜歡狗。

隼人鬆了一口氣，再度打量柑仔店。機會難得，乾脆買點什麼回去。

這時，隼人的目光被一款零食吸引了。那款零食放在「笑到最後麩果」和「做夢巧克力」中間，用畫了很多紅心的粉紅色紙包起來，上面寫著「萬人迷麻糬」。

「『萬人迷麻糬』！多好聽的名字啊！我想要，無論如何我都想要這個零食！」

隼人拿起「萬人迷麻糬」，轉頭看向後方。那個阿姨不知道對約翰小聲說什麼後，已經站起來，準備走去店後方，隼人連忙叫住她。

「打擾一下，我要買這個『萬人迷麻糬』！」

沒想到阿姨對他搖了搖頭。

「不好意思，『錢天堂』的商品只賣給幸運的客人，你並不是幸運的客人，希望你下次再來。」

「這……你剛才不是說我是幸運的客人嗎？」

「喔，我是說這一位。」

阿姨說話的同時，竟然指著約翰。

隼人目瞪口呆。

「約、約翰？但約翰是狗啊，牠又不是人。」

「是，但牠有今天的寶物，無論是貓還是狗，只要有今天的寶物，就是『錢天堂』的客人。失陪一下，我要去拿這位幸運客人想買的商品。」

阿姨走去後方，很快又走了回來。

「這是『迷人軟糖』，完全適合你。」

阿姨把手上的東西遞給約翰，好像是裝了什麼零食的袋子。

「汪！」

約翰第一次發出了叫聲。牠的聲音聽起來很高興，阿姨也滿意的點了點頭。

「很高興你也喜歡，那我就要向你收錢了。」

阿姨說完，把手伸進約翰項圈上的小守護袋。

隼人倒吸了一口氣。那個守護袋裡放著寫了聯絡地址和電話的紙，還有五百元硬幣，以防約翰不慎走失。這個阿姨怎麼會知道裡面有錢呢？

隼人瞪大眼睛時，阿姨從守護袋裡拿出了五百元硬幣。

「沒錯，平成十五年的五百元硬幣，的確是今天的寶物。這包『迷人軟糖』是你的了。啊，你現在要吃？好、好，我知道了。」

阿姨把手上的袋子倒過來，把袋子裡的東西倒在手上。

袋子裡倒出像寶石一樣顏色鮮豔的軟糖，有紅色、綠色、金色和藍色，每顆軟糖都很漂亮也很閃亮。

隼人忍不住吞著口水。這些軟糖看起來太好吃了，他也很想吃一顆。

沒想到阿姨把所有軟糖都餵給約翰吃了。

「啊、啊……」

隼人發出失望的聲音，約翰大口把軟糖吃光了。

「你的願望可以實現了，回家的路上要小心。」

隼人和約翰在阿姨的目送下走出柑仔店。

隼人垂頭喪氣。今天真是太倒楣了，剛才被千波討厭，自己買不到想要的零食，那麼漂亮的軟糖又全被約翰吃光了。都是約翰，全都是約翰害的。

隼人越想越生氣，越來越討厭約翰了。

「你真是……」

正當隼人狠狠瞪著約翰時，突然聽到了歡呼的聲音。

「哇，超可愛！」

隼人驚訝的抬頭一看，才發現自己已經和約翰走出小巷，回到了大馬路上。許多女高中生圍著他和約翰，姊姊們個個眼睛發亮，注視著約翰。

「哇，真的超可愛，也太可愛了！」

「怎麼可以這麼可愛？我真的被牠迷住了！」

「弟弟，這是你的狗狗嗎？我們可以和牠拍照嗎？沒問題吧？」

「我也要，我也要和牠拍照！」

「好、好啊……」

「真的嗎？太好了！」

「等一下，我要先拍！」

那幾個姊姊發出歡快的聲音，不停的和約翰一起拍照。

隼人很驚訝。那幾個姊姊好像覺得約翰很可愛，但隼人完全看不出約翰哪裡可愛。牠又高又大，還有一身蓬鬆的黑毛，非但不可愛，反而會有點可怕。

但是這種奇怪現象後來持續發生，路上的人全都看向約翰，而且每個人都露出了陶醉的眼神，還有女生小聲對媽媽說：「媽媽，我也想要那隻狗狗！」

「這隻狗狗好可愛。」

「真的好可愛。」

無論去哪裡，到處都可以聽到這種稱讚。

隼人在眾人的注目下感到手足無措。

這到底是怎麼回事？

他偏著頭納悶，然後恍然大悟。

「是因為剛才的零食。柑仔店的阿姨剛才說，那包零食是『迷人軟糖』。那一定是有魔法的零食，才能讓約翰看起來超可愛。」

隼人望著約翰說：「我知道了，因為我剛才說希望約翰看起來可愛一點，所以你希望自己變可愛，對不對？」

約翰搖著尾巴，好像在回答：「沒錯。」

「但是好奇怪喔，為什麼在我看來你和以前沒什麼兩樣？算了，沒關係。約翰，我們回公園去吧。」

也許千波已經回去公園了，她看到約翰變得這麼可愛，可能就不會再生隼人的氣了。隼人心裡充滿期待的走回公園。

令人高興的是，千波果然在公園內盪鞦韆。她看到隼人跑過去時，瞬間露出了害怕的表情，但看到隼人身旁的約翰，馬上就瞪大了眼睛。她從鞦韆上跳下來，跑向隼人和約翰。

「隼、隼人……」

「千波，剛才真的很對不起，約翰也說想要向你道歉……啊，你現在還害怕嗎？」

千波用力搖著頭。

「不害怕！嗯，牠超級可愛！」

「真的嗎？」

「嗯！哇，真是太可愛了，我好喜歡牠！」

千波緊緊抱住約翰，讓隼人忍不住有點羨慕牠。

「真好，我真希望變成約翰。算了，看到千波心情變好，真的太好了。」隼人這麼想著，然後鬆了一口氣。

第二天，千波在幼兒園時悄悄對隼人說：

「隼人，我今天可以去你家玩嗎？」

「啊？來我家？」

「嗯，可以嗎？我可以去你家嗎？」

「當然可以啊。」

「太好了！啊，但是你不可以邀其他人，只有我一個人去你家玩。」

「好……但是為什麼？」

「因為如果還有其他人在，我就沒辦法獨占約翰了。」千波理所當然的說。

隼人有點難過。又是約翰，原來千波只想到約翰，根本不在意隼人。

「可惡，太令人生氣了！」

不過，並不是只有千波和陌生人被約翰的魅力吸引，就連隼人的爸爸、媽媽也對約翰如痴如醉。他們完全不理隼人，整天叫著「約翰、約翰」，疼愛得不得了。

隼人很生氣。這也太不公平了，大家是因為魔法零食的關係，才會這麼愛約翰。

「對了！」隼人靈機一動。

那家神奇的柑仔店裡還有很多零食，它們一定全都有魔法。只要自己買比約翰吃的軟糖更有效的零食就好，吃下去之後，別人一定會愛上自己。

那天之後，隼人每天從幼兒園放學回家，就衝出家門四處尋找那家柑仔店。他不再帶約翰散步，反正家裡有人樂意帶約翰去散步，他才不想理約翰呢！不管怎麼樣，都要先找到那家柑仔店才行。

隼人每天都忙著四處尋找柑仔店，但不知道為什麼，就是找不到。隼人走進每一條小巷仔細找，但完全沒有那家柑仔店的影子，它就像是憑空消失了。

雖然他堅持不懈找了很久，但始終沒有結果，最後只能放棄。

他失望的回到家裡，發現家裡吵吵鬧鬧。爸爸和媽媽都在打電話，甚至沒有對他說「你回來了」，只有約翰到門口迎接他。

但是隼人卻推開衝到他面前的約翰，他討厭約翰。

「媽媽、媽媽，怎麼了？發生什麼事了？」

隼人不停的追問，媽媽這才轉過頭對他說：

「喔，隼人，原來你回來了。你聽我說，約翰寶貝要去參加『日本最可愛狗狗比賽』了，電視會轉播比賽的情況。上電視！約翰寶貝要上電視！是不是很厲害！」

「喂喂，你不必這麼激動，約翰寶貝上電視根本是理所當然的事，而且也絕對會得到冠軍，因為牠是全天下最可愛的狗。」爸爸也眉開眼笑的說。

隼人難以相信，爸爸媽媽簡直瘋了，竟然叫約翰「寶貝」。這真的太奇怪了。

隼人瞪著約翰，約翰發出「咕嚕」的聲音，牠的眼神在說「你不要生氣」，但隼人已經忍無可忍。

隼人覺得約翰搶走了他的一切，搶走了千波，還有爸爸媽媽。

「我最討厭約翰了！」

隼人大叫著，爸爸、媽媽聽了，立刻露出可怕的表情說：

「隼人，你怎麼可以說這麼過分的話，趕快向約翰寶貝道歉！」

「不要，我不要！」

「那你就出去！」

隼人聽到爸爸這句冷酷的話，忍不住瞪大了眼睛。

「爸、爸爸……？」

「不懂得道歉的討厭小孩，不是我們家的孩子。」

「怎麼會……媽、媽媽，你說說話啊。」

隼人露出求助的眼神看著媽媽，但媽媽也不幫他說話。

「對啊，你怎麼可以對約翰寶貝說這麼過分的話，你好好冷靜一下。」

「嗚哇！」隼人大哭起來，然後哭著衝出家門。他一直跑啊跑，來到了沒有人住的國宅。

這裡是隼人以前和約翰一起發現的祕密基地，一樓有一個房間的陽臺窗戶沒有鎖，可以從那裡進去屋內。

隼人發現這裡之後，會不時來這裡玩。雖然他知道不可以這麼做，但是沒有人住的房子可以成為自己的祕密基地，真的很刺激，也很開心。

上次來這裡時，他還把一些點心藏在壁櫥裡，今天晚上即使不回家也沒問題。「沒錯，我才不要回家，要讓爸爸、媽媽擔心我。」

正當隼人得意的這麼想時，突然驚覺一件事——

那就是爸爸和媽媽可能不會擔心，因為他們根本不重視隼人，所以應該也不會來找他。如果爸爸、媽媽真的不來找自己，那該怎麼辦？以後再也不能回家了嗎？

「呃呃，嗚嗚嗚！」

淚水湧上心頭，隼人整個人倒在很髒的榻榻米上。他被所有人拋棄，在這個世界上孤獨無依，簡直太悲慘了。

隼人哭了很久，不知不覺睡著了。

天黑之後他才醒來。沒有電的房間內一片漆黑，伸手不見五指。

隼人害怕到心跳加速。「這裡好可怕，我想離開這裡。」

他慢慢移到窗邊，聽到窗外傳來嘎哩嘎哩的可怕聲音，接著看到一個巨大的影子出現在窗前。

「啊！」

隼人整個人愣在那裡。

「有東西在窗外，而且還想要進來這裡！救命啊！爸爸、媽媽！約、約翰！救救我，約翰！」

隼人忍不住慘叫起來，這時，有個聲音回答他。

「汪汪！」

那是約翰的聲音。絕對沒錯，可是約翰怎麼會在這裡？

隼人定睛細看，眼睛漸漸適應了黑暗。

真的是約翰！約翰在窗外站了起來，用前爪抓著玻璃，發出嘎哩嘎哩的聲音。

隼人癱坐在地上，費力往前爬，打開了窗戶。

約翰衝了進來，伸出舌頭舔著隼人的臉。牠的舌頭很溫暖，蓬鬆的毛也很溫暖，隼人的眼淚忍不住又流了下來。

原來是約翰擔心隼人，所以來這裡接他。約翰沒有忘記隼人。

「約、約翰對不起，真的對不起！」

隼人緊緊抱住了約翰。

他以後絕對不會再說討厭約翰這種話了，看到別人喜歡約翰，也不會再羨慕了。當初是隼人希望約翰變可愛，結果自己竟然忘記這件事，而且還責怪約翰，真是太沒道理了。

「汪！」

約翰又叫了一聲，催促隼人回家。

「我……可以回家嗎？爸爸和媽媽還在生氣嗎？」

「汪！」

約翰用力叫了一聲，似乎要隼人不必擔心。

隼人終於恍然大悟。約翰每次都這樣，每次隼人挨爸爸、媽媽的罵，牠都會袒護他，所以爸爸、媽媽一定會原諒隼人。

隼人擦乾眼淚，點了點頭。

「嗯，我們回家吧。」

隼人和約翰並肩走回家裡。

有人躲在暗處悄悄看著他們的身影。那個高大的女人穿了一件寬鬆的和服，雪白的頭髮閃著光，她是錢天堂的老闆娘紅子。

紅子的嘴角露出淡淡的笑容。

「不管誰吃了『迷人軟糖』都會人見人愛，但如果無法得到最重要的人的關愛，就失去了意義。那隻狗為了那個弟弟，願意放棄好不容易得到的能力，而且還特地拜託我幫忙，真是做出了正確的選擇。唉，動物真的比人類聰明太多、太多了，牠們清楚瞭解什麼是真正的幸福。」

這時，一隻很大的黑貓擠到紅子腳邊，紅子立刻把牠抱了起來，用臉貼著牠。

「墨丸，你也要吃『迷人軟糖』嗎？不想嗎？的確沒必要，你即使不吃這種東西，也是這個世界上最可愛的貓。」

黑貓的喉嚨發出咕嚕咕嚕的聲音，紅子抱著牠緩緩站了起來。

大村約翰，八歲的狗。平成十五年的五百元硬幣。

6 長髮公主椒鹽捲餅

「唉，真的超討厭。」

倫月深深嘆著氣。

這個星期六，他們要和好朋友依理一家人去露營。平時工作很忙碌的爸爸，這次也將第一次加入家庭聚會。

雖然爸爸很興奮，但倫月心情很沉重。

因為爸爸的頭頂幾乎都禿了。雖然爸爸才四十歲，個子很高，

向來都落落大方，是個工作上很能幹的菁英，但因為頭髮很少，所以倫月覺得爸爸一點都不帥。倫月很喜歡爸爸，但覺得爸爸禿頭很丟臉，所以超討厭這次的聚會。

「唉，真羨慕依理，雖然她爸爸又矮又胖，但頭髮很濃密。」

倫月一想到依理會看到爸爸，就覺得很丟臉，希望可以在露營之前解決爸爸的頭髮問題。

她在網路上查了一下，發現有可以促進頭髮生長的藥，雖然價格很貴，但用過年時拿到的壓歲錢應該可以買一瓶。

倫月拿著裝了壓歲錢的盒子，決定去附近的藥局，那家藥局只要走路五分鐘就到了。

沒想到倫月走錯了路，走進一條昏暗的巷子。

倫月馬上想要回頭。都已經讀小學二年級了，竟然還會迷路，開什麼玩笑。

沒想到。

「咦？怎麼回事？」

即使她想往回走，兩隻腳卻不停的往前進。

當她好不容易停下腳步時，發現自己站在一間柑仔店門口。

看到那家柑仔店「錢天堂」時，倫月把自己迷路和要買生髮藥的事全都忘得一乾二淨，眼睛和心都被店門前的零食吸引了。

為什麼會有這麼閃亮、這麼神奇的零食？這些零食太棒了，她忍不住有點暈眩。啊，真希望有十個眼睛可以同時看很多零食。

正當她四處打量陳列零食的貨架時，一個又高又大的阿姨從裡面走了出來。這個阿姨比爸爸更高，而且胖胖的，雖然頭髮都白了，但臉上的皮膚很光滑，看起來很年輕。她穿了一件紫紅色和服，感覺很有氣勢。

倫月嚇了一跳，張著嘴愣在那裡。阿姨笑著向她鞠躬致意。

「歡迎光臨，你是今天的幸運客人。『錢天堂』最大的驕傲就是商品很齊全，你想要什麼都請儘管告訴我。」

阿姨說的話有點奇怪，但倫月聽到她親切溫柔的聲音，決定說出自己的煩惱。

「我……想要可以長很多頭髮的東西。」

「哎呀哎呀。」

阿姨摸了摸自己一頭雪白的頭髮笑了起來，似乎覺得很有趣。

「我覺得你的頭髮已經夠多了，但既然你有這樣的願望，我也不便說什麼。剛好有新推出的商品，很浪漫、很適合像你這種年紀的客人。」

阿姨說完，走向放在角落的木箱子，那個寫了「新商品」的木箱內裝滿了零食和玩具，她從裡面拿出一包像是洋芋片包裝的袋子。袋子上畫了很多好像漩渦的金色圖案，還用玫瑰色的字寫著「長髮公主椒鹽捲餅」。

倫月一看到這袋零食，馬上決定要買。但她並不是想吃，而是很想要這袋零食。

「我要買！」

「好，這包一元。」

「一元！」

倫月以為這個阿姨在開玩笑，但阿姨面帶微笑說：

「沒錯，今天是一元，你要用一元硬幣支付。」

要用一元硬幣支付，這句話也很奇怪，不過倫月只想趕快買到「長髮公主椒鹽捲餅」。

她急急忙忙打開錢包找一元硬幣，剛好看到有一枚，於是便交給了阿姨。

阿姨露出燦爛的笑容。

「沒錯沒錯，昭和六十四年的一元硬幣是今天的寶物，請收下你的商品。」

倫月從阿姨手上接過「長髮公主椒鹽捲餅」，簡直樂翻了天，覺得自己超幸福。

阿姨露出不解的神情看著倫月，又說了一句：「頭髮的生長有限度，請小心不要過度使用。」

倫月幾乎沒有聽到紅子說的話，她一心想要趕快回家，讓爸爸吃這包「長髮公主椒鹽捲餅」。

她一口氣跑回家，等爸爸下班回來。

晚上八點，爸爸回家了。不知道是不是滿臉疲憊的關係，頭頂上的頭髮看起來更少了。

真是太丟臉了。

倫月把那袋「長髮公主椒鹽捲餅」遞給正脫下西裝的爸爸。

「爸爸，這個給你吃。」

「什麼？你送我餅乾嗎？」

「這不是普通的餅乾，它是有魔力的餅乾，可以讓你的頭髮變多。」

「是喔。」

爸爸笑了起來，好像完全不相信，但因為倫月一再推薦，爸爸還是打開了那包「長髮公主椒鹽捲餅」。

袋子裡的餅乾看起來很可愛，烤成焦糖色的餅乾是漩渦的形狀。

「喔喔，看起來很好吃的樣子，是蝴蝶餅的形狀。」

「別管這種事啦，你趕快吃嘛！」

「嗯，但馬上就要吃晚餐了……你不可以告訴媽媽喔。」

爸爸邊說邊把椒鹽捲餅放進嘴裡，他才吃了一個，馬上雙眼發亮。

「好吃！這個太好吃了！」

卡滋卡滋、卡滋卡滋，爸爸一口氣把所有的椒鹽捲餅全吃完了。

「啊，這個太好吃了。倫月，謝謝你，下次記得多買一些回來。」

「……」

「倫月？」

倫月根本沒心情理會這件事，她目不轉睛的盯著爸爸頭頂上頭髮稀少的部分。

「趕快，頭髮趕快長出來！」倫月在心裡默唸著。

但她等了很久，都沒有看到爸爸的頭髮長出來。

「可惡，被騙了。」仔細想一想就知道，只是一包零食怎麼可能讓頭髮長出來？倫月太失望了，忍不住流下不甘心的眼淚。

倫月從爸爸手上搶回「長髮公主椒鹽捲餅」的袋子，揉成一團想要丟進垃圾桶。這時，她看到袋子背面寫了字。

倫月把袋子攤開仔細讀了起來。

想和長髮公主一樣，擁有一頭漂亮的長髮。如果你有這樣的心願，就要試試夢幻零食「長髮公主椒鹽捲餅」！先吃餅乾，然後決定要留多長的頭髮，再唸魔法咒語。比方說，希望頭髮長五公分時，要唸：「長髮公主、長髮公主，請讓我的頭髮長五公分。」希望長長的頭髮恢復原來的長度時，可以說：「長髮公主、長髮公主，請讓我的頭髮恢復原狀。」

「喔，原來是這樣，還沒有說魔法咒語！爸爸，你趕快說長髮公主、長髮公主，請讓我的頭髮長五公分……不，十公分。你趕快說！」

「為什麼突然說這種話？」

「別管這麼多了，你趕快說嘛！」

「好，我說就是了。呃，長髮公主、長髮公主，請讓我的頭髮長十公分。這樣可以嗎？」

倫月無法回答任何話，因為爸爸在唸魔法咒語時，頭髮真的以驚人的速度長了出來。

那些黑色的頭髮富有光澤，簡直可以拍洗髮精廣告。

爸爸看到倫月瞪大了眼睛，才終於發現不對勁，伸手摸著自己的頭，然後和倫月一樣瞪大雙眼。

「這、這是怎麼回事？」

「爸爸，太厲害了，效果真的超厲害！爸爸的頭不禿了！爸爸你超帥！」

爸爸真的一下子變得超帥，雖然對男人來說，這樣的頭髮有點

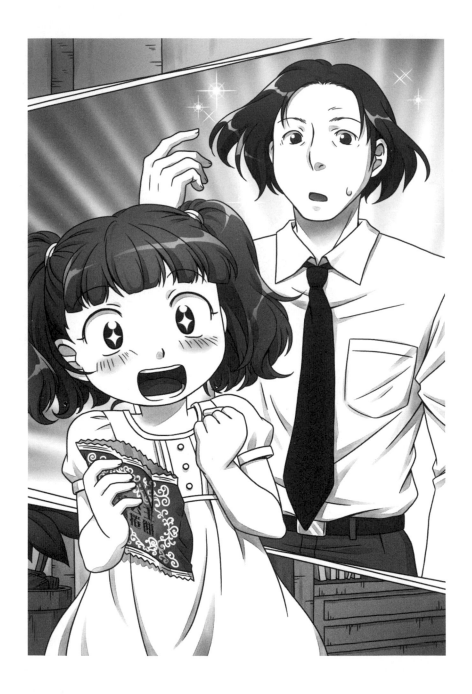

太長，但是比禿頭帥多了。倫月覺得超滿足。

爸爸看起來並沒有很高興。

「頭髮突然長出來一定有問題……希望沒有奇怪的副作用。」

「不用擔心，這是有魔法的餅乾。嗯，爸爸真的超棒！」

「有魔法的餅乾……嗯，這樣啊，如果是這樣，那就沒關係……媽媽和爸爸公司的同事一定會嚇到。」

媽媽看到爸爸的頭髮的確嚇了一大跳，而且也很擔心。

倫月獨自雀躍不已，以後無論遇到誰，都可以得意的介紹「這是我爸爸」，這才是最重要的事。

星期六終於到了。倫月和依理還有她們的父母一起坐上一輛大休旅車，大約兩個小時後，才會抵達位於深山的露營地。

依理第一次看到倫月的爸爸，悄悄的小聲對倫月說：「你爸爸太帥了。」

「有嗎？我覺得還好啦。」

倫月雖然嘴上這麼說，但內心可得意了。

她認為自己的爸爸當然必須是帥爸爸，而且幸好之前吃了「長髮公主椒鹽捲餅」。

不一會兒，他們抵達了露營地。

大人立刻忙著搭露營帳篷，堆石頭生火，為烤肉做準備。兩個小孩無所事事，雖然說好晚一點要一起去河裡戲水，但看大人還在忙，可能還要等很久。

倫月覺得很無聊，突然想到了好主意。

「依理，我們要不要去撿柴火？」

「啊？不是已經有很多木柴了嗎？」

「但是可能不夠啊。柴火越多越好，我們去撿柴火，媽媽他們一定會很高興。」

「有道理。好啊，那我們走吧。」

「嗯。」

其實她們不應該亂走，因為爸爸、媽媽事先有嚴厲叮嚀她們，在露營時，沒有大人陪同就不能到處亂走，也不能去河裡或是走進森林。

但倫月和依理想得很輕鬆，「我們不會走遠，只是在附近而已」，就這樣走進了旁邊的森林。不幸的是，她們的爸爸媽媽都忙著搭帳篷，沒有人發現她們兩個離開了。

倫月和依理走進森林後，在鬱鬱蒼蒼的樹木間，撿了適合當柴火的樹枝。她們很興奮，感覺好像在森林裡尋寶，而且森林裡有許多有趣的東西。

「啊，你看，那裡有一個很大的菇！」

「我知道那是什麼菇，那叫猴板凳！因為很大很牢固，連猴子也可以坐，所以取了這個名字。」

「是喔。啊，那裡結了紅色的果實。」

兩個人都樂不可支，不知不覺中遠離了露營的地方。

「嗯？那裡有一個洞。」

「倫月，你用樹枝戳戳看。」

「好啊，可能會有什麼東西跑出來。」

倫月用剛才撿的樹枝戳進發現的洞。

她感覺戳到了奇怪的東西，然後一條小蛇從洞裡鑽了出來。

「啊啊啊啊啊啊！」

兩個人發出尖叫聲，把撿到的樹枝和所有東西都丟了出去，拔腿狂奔起來。

「蛇好可怕，我最討厭蛇了！」

她們完全陷入了恐慌。

依理跑得快，在倫月前面慢慢拉開了距離，倫月忍不住感到害怕。

「等、等等我，依理！不要丟下我！」

倫月帶著哭腔大叫，但依理可能沒有聽到，完全沒有停下腳步，然後就突然失去了蹤影，只聽到「啊啊啊啊！」的慘叫聲，依理整個人都不見了。

倫月瞪大了眼睛。

「依、依理！」

她慌張的跑向前，這才發現前方是一道很深的懸崖。

依理在那道懸崖的斜坡中間，臉色蒼白，雙手拚命抓著滿是泥土的岩石。

「用、用力抓住，千萬不要掉下去！」

「救、救救我！救命！」

「我會救你，你、你等一下。」

倫月雖然這麼說，但是她卻愣在原地不知道該怎麼辦。倫月想救依理，如果不趕快救依理，她真的會墜入山谷。可是她腦袋一片空白，完全想不到方法。

「倫月！」

這時，一個嚴厲的聲音傳來。倫月回頭一看，原來是爸爸跑了過來，露出生氣的表情。

「你在幹什麼！不是再三說過，不能自己跑進森林嗎？」

「爸、爸爸！依……依理掉、掉下去了。」

「你說什麼？」

爸爸走到懸崖邊往下張望，立刻臉色發白，但馬上對依理說：

「依理，不用擔心！你要用力抓住！」

「我、我不行了，我的手、手好痛！」

「我馬上來救你，所以你再堅持一下，知道嗎？可惡，我要先回去拿繩子。倫月，你留在這裡鼓勵依理，爸爸馬上去拿繩子過來。」

爸爸轉身準備離去，倫月看到爸爸的長髮晃了一下。

就在這時，倫月空白的腦袋中浮現了一個點子。

「爸爸，等一下！繩子的話……如果要繩子的話，已經有了！」

「真的嗎？在哪裡？」

「你的頭髮！」

「我的頭髮？你在說什麼……喔，我知道了！原來還有這個好方法！」

爸爸用力點了點頭，再度看向懸崖下方。

「要三公尺，不，四公尺左右。多一點比較安心……好，長髮公主、長髮公主，請讓我的頭髮長五公尺。」

咻嚕咻嚕、咻嚕咻嚕咻嚕。

爸爸的頭髮發出聲音，越長越長了，簡直就像水從水管裡衝出來一樣。

「倫月！你抓住髮尾，不要讓頭髮打結了。」

「好，我知道了。」

爸爸的頭髮在地上越堆越多，倫月雙手拿起爸爸的髮尾，發現頭髮很重。

爸爸的頭髮越來越長，倫月用力抬了起來，不讓頭髮掉在地上。

「要快一點，不然依理就要掉下去了。」

這時，倫月發現原本拉緊的頭髮突然變鬆了，應該是爸爸覺得「夠長」，所以剪斷了吧。

倫月鬆了一口氣，轉頭看向爸爸，說不出話來。

因為爸爸的頭頂光溜溜的，一根頭髮也沒有，比吃「長髮公主椒鹽捲餅」之前更慘。

爸爸並沒有剪斷自己的頭髮，也不是別人剪斷的，而是全都掉光了。

「倫月，怎麼了？可以了嗎？」

「爸、爸爸……你、你的頭髮都、都掉光了……」

「傻瓜！現在不是討論這種問題的時候，趕快去救依理！」

爸爸抓起掉落的頭髮，把其中一頭牢牢綁在旁邊的樹上，然後把另一頭綁在自己的腰上，慢慢走下懸崖。

「依理，不用擔心，我這就去救你，你一定要堅持到最後。」

「嗯，好！趕、趕快來救我！」

「我知道、我知道，你再等一下。」

倫月看著爸爸終於來到依理身旁，抱住了她的身體。

「好了，已經沒事了，你可以鬆手了。」

「嗚嗚、嗚啊啊啊啊！」

依理放聲大哭，緊緊抱住了倫月的爸爸。這時，依理的爸爸、媽媽也趕到了，他們合力把繩子拉上來。

依理終於獲救了，但是倫月高興不起來，她很難過，沒想到爸爸竟然變成了一個大光頭。

雖然她多次要求爸爸再唸「長髮公主」的咒語，但頭髮還是長不出來，長髮公主椒鹽捲餅的效果，好像也和頭髮一起消失了。

依理的爸爸、媽媽看到倫月的爸爸突然變成光頭也嚇了一跳，但爸爸只是笑著掩飾說：「沒事啦，其實原本頭上戴的是假髮，剛才救依理時，不知道掉去哪裡了。」

倫月聽了爸爸說的話後覺得很丟臉。

「真是太可惜了。雖然很高興救了依理，但是為什麼要付出這麼大的代價？而且為什麼爸爸覺得無所謂？頭髮都掉光了，竟然還笑得出來，簡直難以理解。」倫月越想越生氣，忍不住瞪著爸爸。

爸爸看著倫月露出可怕的表情，倫月嚇了一跳。

「倫月，你跟我來，我有話要對你說。」

爸爸說完，帶著倫月走進旁邊的樹林。等到只剩他們父女兩人時，爸爸用嚴厲的聲音斥責倫月。

「你為什麼露出這種表情？爸爸救了你的朋友，你竟然擺臭臉，不覺得難為情嗎？」

「但、但是你的頭髮……」

「沒有的東西就沒有了，這也無可奈何，你不必這麼大驚小怪！這到底有什麼問題，我才覺得你很丟臉，你知道嗎？」

「嗚、嗚嗚……」

倫月挨了罵，再度淚眼汪汪。就在這時，響起一個歡快的說話聲——

「不好意思，可不可以打擾一下？」

倫月轉頭一看，發現有一個高大的女人站在那裡。她穿了一件和這種深山很不相襯的和服，頭上有一頭白髮閃閃發亮。

「是那家柑仔店的阿姨，她怎麼會來這裡？」

倫月驚訝不已，但阿姨深深一鞠躬說：

「我是『錢天堂』的老闆娘紅子，你前幾天買了『長髮公主椒鹽捲餅』，我是來為這件事道歉的。我好像又搞錯了……」

「搞錯？」

「對，我誤以為是你自己想把頭髮留長，所以向你推薦了『長髮公主椒鹽捲餅』，結果並不是這麼一回事。如果我當時知道實際情況，就會向你推薦『多如牛毛文字燒』了。真是太慚愧了。」

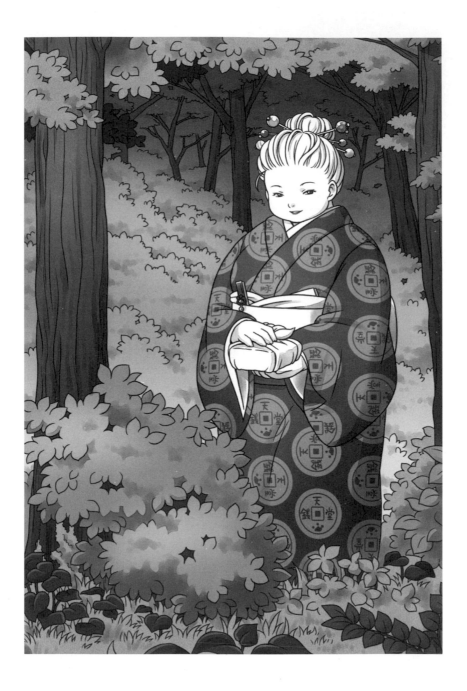

那個阿姨縮著身體道歉。

「所以，我帶了這個來向你道歉。」阿姨說著，遞給她一個小盒子。

「這是『多如牛毛文字燒』的麵粉，只要用這些麵粉做文字燒來吃，馬上可以長出很多頭髮。」

「哇，真的嗎？」

倫月興奮的想要撲過去，但爸爸阻止了她。爸爸把她拉到自己身後，用堅定的語氣對那個女人說：

「很抱歉，你的好意我們收下了，這個請你帶回去。」

「啊，爸爸！這、這不行啦，趕快收下嘛，太可惜了！」

「倫月，你不要說話。紅子老闆娘，我很感謝『長髮公主椒鹽捲餅』的威力，因為有了它，我才能救倫月的朋友，但我不希望再為頭髮的事煩惱。而且……你已經帶給我很多好運氣了，如果還想要再有第三次，那就未免太貪心了。」

阿姨和爸爸互望片刻，然後那個阿姨笑了笑說：

「那我就把『多如牛毛文字燒』帶回去了，話說回來……能夠像這樣再次見到老客人，而且是能把握幸運的客人，真是太高興了。」

阿姨說完，收起「多如牛毛文字燒」，說了聲「多保重」便轉身離開。

倫月很好奇一件事，於是大聲問道：

「請你告訴我，為什麼我爸爸長不出頭髮了？」

阿姨停下腳步，轉身對她說：

「因為頭髮並不是可以無限生長的，你爸爸已經把一輩子的頭髮都長完了。我一開始不是就告訴你，頭髮的生長有限度嗎？」

「一輩子……所以……爸爸再也長不出頭髮了嗎？」

「對，而且你爸爸也說不要『多如牛毛文字燒』，所以應該是這樣。」

「怎、怎麼這樣……」

倫月快哭出來了，阿姨對她說：

「哎喲哎喲，你為什麼難過？光頭也很好看啊，其實我很喜歡光頭的男人，你以後也會瞭解光頭男人的優點。」

阿姨說完，便走進了森林。

爸爸輕輕拍了拍倫月的肩膀說：

「不要再哭了，老闆娘說的沒錯，光頭也不錯。」

「嗚嗚，才、才沒有這種事！爸爸是大傻瓜，你、你應該收下『多如牛毛文字燒』。」

「我不需要，爸爸以前已經吃過她的零食了。」

聽到爸爸這麼說，倫月想起了一件事。她抬起頭看著爸爸問：

「爸爸……你認識她？」

「對，我年輕時曾經見過一次。我去她的店裡買零食，之後的人生發生了改變。以前爸爸是一個膽小畏縮的人，對自己完全沒有自信……但多虧了她，我才能和媽媽結婚，也才能生下你。所以，如果你下次可以再去『錢天堂』，要為自己買零食喔。」

「嗯。」

「好，那我們去找媽媽。」

「爸爸。」

「什麼事？」

「你上次買了什麼零食？」

「我買了『天下無敵甜甜圈』。」爸爸說完，露齒笑了起來。

吉川倫月，八歲的女生。昭和六十四年的一元硬幣。

7 催眠蝙蝠

「嗚哇嗚哇、嗚哇嗚哇。」

一聽到嬰兒的哭聲，雛子忍不住在內心大叫：「饒了我吧！」

又來了，兒子又開始在半夜哭鬧了。

她等了一下，哭聲完全沒有停止的跡象。雛子無可奈何，只好下了床。眼皮和身體都像鉛塊般沉重，一看鬧鐘，現在才半夜兩點，只睡了兩個小時。

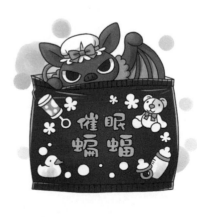

「他為什麼又醒了？」

雛子搖搖晃晃的走向嬰兒，六個月的兒子貴樹哭得滿臉通紅。

「好，來了來了，媽媽來抱抱。」

雛子把貴樹抱起來，貴樹馬上就不哭了。

雖然每次都是這樣，只要抱起來就可以安撫他，但雛子還是忍不住火冒三丈。小孩子是真的很可愛，但這是兩回事。

貴樹每天晚上的哭鬧讓雛子傷透了腦筋，她每天半夜都被他吵醒，然後必須一直抱在手上，一直哄他到天亮。只要以為他睡著了，輕輕放回床上，他又會馬上醒過來放聲大哭。

雛子的丈夫芳樹完全不起來哄小孩，所以雛子每天都累壞了。她白天也很忙碌，一下子換尿布，一下子泡牛奶，還要整天把貴樹抱在手上。

雛子已經無法忍受這種生活了。她想擺脫貴樹，她想自由，哪怕只有幾個小時都好。

她一邊真心的祈禱著，一邊安撫貴樹。

隔天，雛子讓貴樹坐在嬰兒車上，推著他出門買菜。雖然很想在家休息，但冰箱裡的食物快吃完了，所以不得不出門。

回家的路上，她拿了一大堆東西，上氣不接下氣的推著嬰兒車時，貴樹又突然像平時一樣哇哇大哭。

雛子著急了起來。因為她的手上拿了很多東西，根本沒辦法抱他，但如果一直讓貴樹這樣放聲大哭，路人可能會覺得「這個媽媽怎麼這樣」。

「唉，真是的！貴樹，不要再哭了！媽媽就在這裡。」

即使這麼安撫，貴樹仍然哭個不停，不知道是哪裡不滿意。雛子感到不知所措。

「失禮一下。」

雛子先聽到一個溫柔的說話聲，然後看到一雙白嫩嫩的手從旁邊伸出來，把貴樹從嬰兒車上抱了起來。

雛子大吃一驚，這才發現自己身旁不知道什麼時候站著一個身穿和服的高大女人。她一頭雪白的頭髮上插了許多玻璃珠髮簪，還擦著紅色的口紅。她把貴樹抱在懷裡。

雛子更驚訝的是，貴樹被女人抱在手上竟然不哭也不鬧，而且還笑了起來。貴樹向來很怕生，每次有陌生人抱他，他總是會放聲大哭。

女人笑著說：

「心情已經平靜了嗎？真是太好了，很乖、很乖。因為沒辦法自由活動，也沒辦法表達想說的話，所以很著急嗎？快了快了，你很快就會長大，馬上就可以跑跑跳跳，想說什麼、想做什麼都可以了。」

「呃，請問……」

「啊，真是不好意思。」

女人把貴樹放回嬰兒車，向雛子鞠躬行禮。

「我看到幸運的客人遇到了麻煩，所以忍不住插手多管閒事。你的兒子真可愛。」

「謝、謝謝，但他每天晚上都會哭鬧，也很神經質……真的很不好照顧。」

「看來你真的很傷腦筋。」

「是啊，我覺得自己快撐不下去了。因為整天都抱著他，手臂和肩膀都很痠，睡眠也嚴重不足。照這樣下去，我真的很擔心身體會出問題……」

雛子和這個女人說話時，突然感到很奇怪。自己為什麼會對一個陌生人說這些話？簡直就像在向她求助。

不過這個女人聽完卻深深的點了點頭說：

「真是辛苦你了。的確不可以累壞自己，你想不想試試本店的商品？」

「啊？」

「我目前正好要出門做生意，剛好帶了很適合你的商品。」

女人說完，伸手拿起旁邊的行李箱。

雛子瞪大了眼睛。她剛才沒有發現旁邊竟然有一個這麼老舊的行李箱，而且體積很大，幾乎可以裝下一個小孩。

女人打開行李箱，裡面放滿了五顏六色的零食和玩具，有「護身貓吊飾」、「俐落丸子」、「心動棉花糖」、「消瘦魷魚腳」、「滿足蘇打餅乾」、「妖怪羊羹」、「說不停生薑」，每一樣零食都充滿令人心動的魅力。

她將一包用塑膠袋包起來的東西，遞給看得出神的雛子。那個東西的大小差不多像菠蘿麵包一樣，黑底上畫著搖鈴、奶瓶和泰迪熊等圖案，中間用粉紅色的字寫著「催眠蝙蝠」。

「這是『催眠蝙蝠』，很推薦因為照顧孩子太辛苦的客人使用，你喜歡嗎？」

雛子立刻用力點頭。她一看到「催眠蝙蝠」就很想要，她以前從來沒有這麼想要任何東西。

「我、我要買！」

「你這麼喜歡真是太好了，那我向你收一百元。」

「這麼便宜嗎？」

「對，但一定要是平成二年的一百元硬幣。」

「我要找找看……不、不知道有沒有。」

「你有，一定有。」

女人很有自信的說，然後向雛子擠眉弄眼。

雛子把錢包裡所有一百元硬幣都拿了出來，一枚一枚的仔細檢查。平成十九年、昭和五十四年、平成二十一年。

「有了，找到了！平成二年！」

「看吧，我就說了你一定有。請把這一百元給我，然後這個『催眠蝙蝠』就是你的了。」

雛子當然馬上就把一百元硬幣交給了她，然後接過「催眠蝙蝠」。

「太棒了！」雛子開心得跳了起來。女人目不轉睛的看著她，然後語重心長的對她說：

「很疲累的時候的確要求助，但如果太依賴方便的東西，後果將不堪設想。請記住，只在你想要喘口氣的時候使用『催眠蝙蝠』。」

「啊？」

雛子轉過頭時，那個女人不見了，好像一陣煙般消失無蹤。雛子以為自己剛才在做夢，但手上的確拿著「催眠蝙蝠」。

「到、到底是怎麼回事……」

雛子忍不住有點害怕，推著嬰兒車匆匆回到家裡。當然，她也把「催眠蝙蝠」帶回家了。

「這畢竟是我花錢買的，雖然有點詭異，但……我絕對不會放棄任何可能的機會。」

雛子一踏進家門，立刻把貴樹放回嬰兒床，然後打開了「催眠蝙蝠」的包裝。

裡面是一個差不多像手掌大小的黑色蝙蝠娃娃，牠張著翅膀，頭上戴了一頂白色女僕帽，看起來很有趣。背後有一根長長的繩子，繩子的另一端是橡膠吸盤。

「這是什麼？」

雛子決定先看一下塑膠袋裡的使用說明書。

你是不是為愛哭鬧的孩子傷透了腦筋？『催眠蝙蝠』是為你準備的商品。使用方法很簡單，只要把『催眠蝙蝠』裝在嬰兒床上方的天花板，裝好之後，蝙蝠就會飛起來，發出讓嬰兒感到幸福的超音波，無論多麼吵鬧的孩子，只要聽到『催眠蝙蝠』的催眠曲，馬上就會心情大好。建議使用年齡：兩個月到一歲半左右。

「嗯，貴樹現在六個月，剛好可以使用。」

雛子把「催眠蝙蝠」的吸盤，貼到嬰兒床正上方的天花板，吸盤牢牢的吸住了天花板。她試著拉了一下，發現吸得很緊，這樣就不必擔心會掉下來。

雛子一鬆開手，蝙蝠娃娃就緩緩飛了起來，在嬰兒床上方繞著圈子。

這時，雛子聽到了呵呵呵的笑聲。躺在嬰兒床上的貴樹在笑，他開心的看著在頭頂上飛來飛去的蝙蝠，而且他的眼神越來越恍惚，最後竟然睡著了。

雛子大吃一驚。平時貴樹即使再怎麼想睡，也會堅持不睡，然後一直吵鬧，但他現在卻睡得很熟，一臉幸福的表情。雛子有一種解脫的感覺，頓時感到極度疲憊，也倒在嬰兒床旁睡著了。

當她猛然醒來時，一片橘色的光芒從窗戶照入屋內，沒想到已經傍晚了。

「不會吧……」

她買菜回家時才一點左右，她竟然睡了超過四個小時，她已經很久沒有睡這麼長時間了。

但是，貴樹呢？

「貴、貴樹？」

她慌忙看向嬰兒床，發現貴樹已經醒了，正笑著看在上方旋轉的蝙蝠。

雛子鬆了一口氣。

「貴樹，你這麼喜歡這個蝙蝠嗎？」

貴樹的笑容是最好的回答。

雛子感到無比幸福。太好了，這麼一來，一天之中可以有幾個小時的自由時間了。雖然不知道貴樹什麼時候會對「催眠蝙蝠」生膩，但在此之前，都可以擁有自由時間。

雛子心情愉快的哼起了歌，開始準備晚餐。

即使雛子不在身旁，貴樹也不再哭鬧，他的雙眼緊盯著「催眠蝙蝠」。

幾個月過去了，「催眠蝙蝠」仍然很有效。貴樹完全沒有玩膩，整天都看著蝙蝠。無論再怎麼哭鬧，只要靠近「催眠蝙蝠」，他的心情馬上就好起來。

所以雛子最近都睡得很好，肩膀痠痛和手臂疼痛的症狀都消失了，每天心情都很好。

不久之後，她突然想到，既然有這麼方便的玩具，自己可以善加利用，讓日子過得更輕鬆。

「只要有『催眠蝙蝠』，就不必擔心貴樹會哭鬧，既然這樣，可以把貴樹留在家裡，我去特賣會採購一下。」

於是雛子不時把貴樹交給「催眠蝙蝠」，自己長時間出門血拼、散步。

如果她想偷懶一下，照顧孩子真的可以變得很輕鬆。反正有「催眠蝙蝠」會陪貴樹，雛子只要負責為他換尿布、泡牛奶就好。

雛子的自由時間越來越多。

有一天，雛子躺在客廳沙發上看電影時，聽到貴樹的房間傳來聲音。

「媽、媽……媽媽。」

「啊！不會吧，他已經會說話了？」

雛子猛然跳了起來，興奮的打開兒童房的門。

貴樹抓著嬰兒床的欄杆站了起來。

「媽、媽、媽媽。」

「哇！貴樹，你再說一次，再叫一次媽媽！媽媽在這裡，你再叫一次，快叫媽媽！」

雛子興奮得不得了。

但是，貴樹完全沒有看雛子一眼，兩隻眼睛緊盯著天花板上的「催眠蝙蝠」。

雛子這才回過神，覺得不太對勁。

「貴樹？你怎麼了？媽媽在這裡。你看，你把頭轉過來，叫我媽媽。」

貴樹笑了，然後對著「催眠蝙蝠」叫了一聲「媽媽」。

雛子大吃一驚。

怎麼可能？貴樹竟然以為那個蝙蝠娃娃是自己的媽媽，簡直難以置信，這一定有什麼問題。

「貴樹，那不是媽媽，媽媽在這裡，我才是媽媽。」

雛子拚命對貴樹說，然後想把貴樹從嬰兒床上抱起來。她不想讓貴樹繼續留在「催眠蝙蝠」身邊。

沒想到貴樹尖叫著，用力抓住嬰兒床的欄杆。

「啊啊啊啊啊！」

「貴樹、貴樹，聽話！我們去外面，和媽媽一起去外面，好不好？」

「媽、媽啊啊啊啊啊！」

貴樹拚命掙扎，雛子正想把他抱起來，突然聽到有什麼東西斷裂的聲音。接著，她的頭被重重打了一下。

「啊！」

雛子跌坐在地上。當她看清楚情況時，忍不住大吃一驚。黑色的蝙蝠竟然就在眼前，牠在貴樹身旁拍著翅膀，眼睛發出紅光，張開的嘴裡露出白色獠牙。

「媽媽！」

貴樹開心的叫了一聲，蝙蝠輕輕倒向貴樹，然後狠狠瞪著雛子。

「滾出去！」雛子的腦海中響起一個可怕的聲音，她嚇得逃了出去。雖然覺得必須要救貴樹，但她全身發抖，根本沒辦法站起來。

雛子聽到了貴樹的笑聲，他一定正抱著蝙蝠，向「媽媽」撒嬌。

「為什麼？為什麼會變成這樣？明明我才是媽媽。」

雛子既害怕又不甘心，忍不住流下了眼淚。

「報警吧。不對，要打電話給衛生所，請他們把那個可怕的蝙蝠趕走。」她跌跌撞撞的拿起手機，但卻不知道衛生所的電話。「對了，抽屜裡的通訊錄上應該有寫。」

雛子打算從抽屜裡拿出通訊錄時，一張紙掉在地上。那是「催眠蝙蝠」的使用說明書，她之前一直放在抽屜裡。

「這種鬼東西，哪裡是最適合我的商品！根本是小偷，想要搶走我的孩子！」

雛子怒不可遏，想把說明書撕碎。當她把紙攤開時，發現背面也寫了字。

「這是什麼？」

她忍不住看了起來。

注意，當小孩子學說話時，要把『催眠蝙蝠』拆掉。一旦小孩子對著蝙蝠叫媽媽，蝙蝠就會以為自己真的是媽媽，搞不好會搶走你的孩子。

「不會吧！」

雛子臉色發白。原來說明書上清楚寫著「催眠蝙蝠」的危險性，雛子非但沒有仔細閱讀說明書，甚至沒有發現貴樹開始學說話了。事到如今，只能說是自作自受，自食其果。

「我真是太糊塗了……怎、怎麼辦？」

她快哭出來了，但說明書還有下文。

萬一小孩子快被搶走了，就只能挺身奮戰，把孩子搶回來。雖然這不是一件容易的事，但你必須為了孩子努力。

雛子重複看了這段內容好幾次。

「奮戰？我要奮戰嗎？要打敗那個可怕的蝙蝠嗎？」

她想起蝙蝠尖尖的獠牙，忍不住害怕起來。

這時，她又聽到了貴樹的聲音，貴樹用可愛的聲音叫著一聲聲「媽媽」。

這個聲音打開了雛子的勇氣開關。

「不能讓貴樹繼續叫蝙蝠『媽媽』，因為我才是媽媽。沒錯，我必須奮戰，我要為了奪回貴樹全力奮戰。」

雛子拿起房間內的掃把，用力推開兒童房的門。

貴樹和催眠蝙蝠在嬰兒床上。蝙蝠看起來比剛才更大了，幾乎和貴樹差不多大，威力和可怕的感覺也增加了一倍，但雛子不再退縮。

雛子對蝙蝠說：

「你幫了很多忙，我也曾經很依賴你，我為這件事由衷的感謝你，但一切到此為止，之後我會好好照顧貴樹，所以請你把貴樹還給我。」

蝙蝠露出獠牙，似乎完全不打算把貴樹還給雛子，因為蝙蝠覺得貴樹是自己的兒子。

雛子和蝙蝠對峙了很久，然後……

他們打了起來。

他們打得漫長又激烈，雙方都毫不退縮。

蝙蝠俐落的飛來飛去，用翅膀拍打雛子，用尖牙咬她。雛子甩著掃把想把蝙蝠打下來，但始終無法給予致命的一擊，眼看漸漸處於劣勢。

不過雛子仍然堅持奮戰，想到一旦放棄，貴樹真的會被蝙蝠搶走，所以無論如何都不能讓蝙蝠得逞。

「我不會把兒子交給你，貴樹是我的兒子！」

雛子滿身大汗，渾身是傷，大聲對蝙蝠說道。

「嗚啊啊啊啊！」

剛才瞪大眼睛看著他們打架的貴樹，突然大哭起來。

「媽、媽、媽媽！」

貴樹大聲哭著，對著……「雛子」張開雙手。

「貴、貴樹！貴樹！」

雛子丟下掃把，不顧一切跑向貴樹，把他從嬰兒床內抱了起來，緊緊抱在懷裡。貴樹也緊緊抓著雛子的胸口。

「啊啊，貴樹選擇了我，貴樹選擇了我這個媽媽。」

淚水從雛子的眼中滑了下來。

當她回過神時，發現窗戶打開了，蝙蝠也不見蹤影。可能是因為貴樹選擇了雛子，蝙蝠就離開了。

雛子鬆了一口氣，看著貴樹的臉。

「沒錯，貴樹，我才是媽媽。」

雛子緊緊抱著自己的孩子，告訴自己絕對不會放手。

今寺雛子，二十八歲的女人。平成二年的一百元硬幣。

番外篇　天獄園的挑戰書

「錢天堂」柑仔店裡有許多神奇的零食，一個女人正坐在店後方的矮桌打算盤。

她是錢天堂的老闆娘紅子，有一頭雪白的頭髮，高大的身材像相撲選手，她穿了一件紫紅色和服，頭髮上插了五顏六色的髮簪。

喀答喀答。紅子專心的打著算盤時，一個黑色的東西從店門口飛了進來，然後降落在紅子面前。

那是一個黑色的蝙蝠娃娃，不知道怎麼搞的，變得破破爛爛的。

「啊喲。」紅子叫了一聲。

「這不是『催眠蝙蝠』嗎？怎麼這麼狼狽……看來是那位客人沒有遵守正確的使用方法。我明明已經向她提出了忠告，但是……嗯，也許當初應該不要推薦『催眠蝙蝠』，而是給她『媽媽瑪德蓮』。」

紅子在說話時，把手伸向蝙蝠，突然想到一件事。

「果然有問題，我怎麼最近經常犯一些奇怪的錯誤。不光是這次的『催眠蝙蝠』，或是上次的『長髮公主椒鹽捲餅』，我都向客人推薦了錯誤的商品。『平衡麵包脆餅』也不知道算不算是正確的商品，遺失的『忍耐鉛筆』也還沒有找到。雖然之前因為澱澱搗亂把我累壞了，但我竟然會感冒，這也未免太奇怪了。」

這絕對不是巧合，一定是有人詛咒自己，或是對自己下了毒咒。

「不能再允許這種情況發生，必須要找出凶手……該不會是澱澱吧？不，這不可能。」

紅子「嘿喲」一聲站起來時，聽到一個沙啞的聲音問：「有人在嗎？」然後有個像煙一樣的東西飄進了店裡。

「我是幽靈快遞，天獄園的怪童要我送一封信過來。」

一看到放在桌上的那封信，紅子立刻瞇起了眼睛。

「原來是這麼一回事，我大致知道是誰在搞鬼了。」

那股煙飄來飄去說：「我把信送到了，請問您要怎麼回覆對方？」

「我現在就寫，你等一下。」

紅子拿出紙筆，快速寫了「瞭解」兩個字。

「我寫好了，請你務必送到天獄園的怪童手上。」

「是。」

那股煙接過信後，立刻飄走了。

日一二三四五六
酒屋

紅子再度看著桌上的信件。

「他到底寫了什麼？雖然我大致可以猜到，但還是來看一下吧。」

紅子說完，拿起了桌上的信。

信封上寫著「挑戰書」三個字。

推薦文

透過神奇柑仔店，讓你看清屬於自己的幸福

◎林怡辰（彰化原斗國中國小部教師）

「我兒子超愛！前2集是我買的，後2集是他挖豬公的錢拜託我買的」、「二升三暑假增加閱讀量的良伴+1，有一天我稍微晚起，想說客廳怎麼安靜無聲，原來這孩子已經一口氣看完了！」、「我們班借閱率最高」、「我兒子超愛，我四集都買了，他還會『複習』。讀課本都沒這麼用功啊」……當我在臉書分享神奇柑仔店前幾集讀後想法時，幾十則回應都像這樣激動。不難看出這套書大小通吃、男孩女孩皆愛，不但孩子主動閱讀，一下子就啃食完畢外，還會常常自己主動重讀，不管是「小孩版的解憂雜貨店」或是「文字版、更有意義的哆啦A夢」都是對它的盛讚。

更令人讚揚的是，原本以為續集只是「走進錢天堂，獲得零食、解決問題」的套路，但作者在每一集續集都可以翻出新的變化，譬如「走進錢天堂」這件事情變成「史郎自己撿到扭蛋」，又或是「催眠蝙蝠」的媽媽在買菜回家時遇到老闆娘紅子。而「驚奇最中餅」給錯產品，「迷人軟糖」的主角換成狗狗，「長髮公主椒鹽捲餅」除了是幫爸爸購買以外，還加入了爸爸以前就遇過紅子的情節，還有伺機而動的反派二號也在這集出現了……這麼多變化，讓讀者可以進入作者的世界，驚奇驚喜、百讀不厭！

我們無法過足各種人生，但在電影、書籍、戲劇中，我們可以窺見經歷時光後的謎底，然後清楚的做出選擇。神奇柑仔店系列就是有這樣的魔力，在一本書中，讓你看見慾望、願望、隱藏的惡意和將至的後悔。如果能到「錢天堂」找一項客製零食，花費一點零錢的代價，你就可以完成所有願望，任誰都會心動吧？靠著運氣，你可以改變生命的軸線，像是可以實現長高願望後來卻出現轉折的「驚奇最中餅」；讓情侶終於可以不用吵架，平衡彼此價值觀的「平衡麵包脆餅」，成為萬人迷，大家都愛你的「迷人軟糖」；禿頭爸爸再也不用擔心的「長髮公主椒鹽捲餅」；睡眠嚴重不足的新手媽媽願意用一切兌換的「催眠蝙蝠」等，各種願望都能滿足。

不過如何運用機會還是操之在己，零食、玩具的效能有限、時間有限，別忘記注意事項上的小字，因為往往世事沒有一帆風順，有光明就有黑暗、有機會就會有風險，故事讀來說是奇幻，其實也很入世，甚至有些警世意味。尤其在這集裡，因為黑暗勢力影響，讓老闆娘紅子因為感冒而給了顧客錯誤的產品，也陰錯陽差導致戲劇性的結果，只有自己來讀，才能感受奇幻中卻又接地的奧妙。

一個個故事談的是選擇、幸福是比較來的、以及重點其實在於人心，讓你看見真正的價值，然後取捨。大道理在有趣故事中無痕引入，各篇的字數少卻精彩萬分，看似簡單，但微言大義，一點都不簡單！這些迷人的篇章裡充滿有趣的故事並附有注音，相信低年級學生可以自行閱讀，而且會越讀越上癮喔！

變身大作家

◎設計／林怡辰（彰化原斗國中國小部教師）

你是不是也會好奇作者為什麼可以創作出那麼多動人的故事呢？現在就跟著以下的練習，寫下屬於你的「神奇柑仔店」故事吧！

步驟一：思考最想解決的煩惱＋配合的點心名稱

先想一想，你有什麼煩惱呢？功課寫不完、成績沒提升、和朋友吵架？找一個你最想解決的煩惱吧！接著設計一個可以解決煩惱的零食名稱。可以是「煩惱」搭配某種點心名稱，譬如：常見的煩惱可以搭配傳統點心，像是飛機餅乾、沙琪瑪、豆花；如果是比較特別的煩惱可以搭配時髦的點心名稱，像是舒芙蕾、泡芙……還可以搭配口味或是功能發揮創意喔！

步驟二：寫出使用說明

除了說明如何使用這個點心來解決你的問題外，也要想一想產品的副作用。如果沒有按照循序漸進或腳踏實地的方法使用商品，可能會有什麼隱憂。

步驟三：創造一個主角人物

想一想主角的年齡、職業、個性、性別，最好還可以讓他說說話，讓大家更了解他的個性喔！

步驟四：組裝寫作

依據「人物介紹↓困難說明↓走進錢天堂↓困難解決大大開心↓副作用出現↓結局」，接下來就換你，加入你的創意，神奇柑仔店大作家非你莫屬喔！

範例：「忍耐鉛筆」

史郎是一個國小四年級的學生。他因為腸胃不好，常常在第二節下課想要上廁所，但又很擔心別人的眼光。他撿到「忍耐鉛筆」，所以史郎不僅可以忍耐上廁所，還可以忍耐夾鼻子的痛苦，獲得同學校外教學所有的零食。但解除忍耐之後，全部痛苦會加倍奉還，不僅肚子很餓、也一直要在馬桶上一整天不能去校外教學，更別說校外教學的零食了，什麼都沒有。

提示 1：上學校廁所和忍耐鉛筆元素適合國小的學生，所以設定主角是四年級的史郎。
提示 2：如果是「忍耐鋼筆或原子筆」，就比較適合上班族；如果是「忍耐毛筆」，就比較適合年長者。

神奇柑仔店6
忍耐鉛筆大逆襲

作　　者｜廣嶋玲子
插　　圖｜jyajya
譯　　者｜王蘊潔

責任編輯｜楊琇珊
特約編輯｜葉依慈
封面設計｜蕭雅慧
電腦排版｜中原造像股份有限公司
行銷企劃｜葉怡伶

天下雜誌群創辦人｜殷允芃
董事長兼執行長｜何琦瑜
媒體暨產品事業群
總經理｜游玉雪
副總經理｜林彥傑
總編輯｜林欣靜
行銷總監｜林育菁
主編｜李幼婷　版權主任｜何晨瑋、黃微真

出版者｜親子天下股份有限公司
地址｜台北市 104 建國北路一段 96 號 4 樓
電話｜（02）2509-2800　傳真｜（02）2509-2462
網址｜ www.parenting.com.tw
讀者服務專線｜（02）2662-0332　週一～週五：09:00~17:30
讀者服務傳真｜（02）2662-6048
客服信箱｜ parenting@cw.com.tw
法律顧問｜台英國際商務法律事務所・羅明通律師
製版印刷｜中原造像股份有限公司
總經銷｜大和圖書有限公司　電話：（02）8990-2588

出版日期｜2020 年 5 月第一版第一次印行
　　　　　2024 年 1 月第一版第二十七次印行
定　　價｜300 元
書　　號｜BKKCJ063P
ISBN｜978-957-503-593-8（平裝）

國家圖書館出版品預行編目資料
神奇柑仔店6：忍耐鉛筆大逆襲／
廣嶋玲子 文；jyajya 圖；王蘊潔 譯.
-- 第一版. -- 臺北市：親子天下, 2020.05
216面；17X21 公分. --（樂讀456系列；63）
譯自：
ISBN 978-957-503-593-8（平裝）

861.596　　109004568